भरतपुर में एक नॉवेल ने तबाही मचा रखी थी। जो भी उस नावेल को पढ़ता उसकी मौत हो जाती। कोई भी नहीं समझ पा रहा था कि आखिर ये मौतें क्यों हो रही है? जब शेर सिंह को लगा कि वह इस केस को नहीं सुलझा पाएगा। तो उसने बुलाया डिटेक्टिव सोमदत्त को। जो भूतो का नाश करता था। तो क्या सोमदत्त कामयाब हुआ? या फिर सोमदत्त ने कुछ ऐसा किया जिसने भरतपुर को ही खतरे में डाल दिया।

****

भरतपुर थाना,राजस्थान

सन 2017

थाना इंचार्ज इंस्पेक्टर शेर सिंह । देखने में काफी तगड़े और अच्छी खासी पर्सनाल्टी। हल्का सावला रंग, चेहरे पर रोआबदार मूंछ, लम्बाई करीब छः फूट, उम्र करीब 30 साल।

अपने कुर्सी पर बैठकर फाइलो में उलझें हुए थे। थाना काफी पुराना हो चुका था। और मरम्मत की सख़्त जरूरत थी। तभी एक अच्छी कद काठी का एक हवलदार शेर सिंह के केबिन में प्रवेश करता है। उसका नाम राम सिंह था। आते के साथ वह सैल्यूट करते हुए बोलता है

"सर रात के दो बज चुके है। क्या आज आपको घर नहीं जाना है?"

शेर सिंह अपना चेहरा ऊपर उठाता है। फिर मुस्कुराते हुए बोलता है

"नहीं राम सिंह! मैं एक केस की फ़ाइल पढ़ रहा हूँ। इसको ख़त्म किए बिना मैं घर नहीं जा सकता। तुम एक काम करो। एक गर्मा गरम चाय ले आओ। ताकी दिमाग थोड़ा तारोंताज़ा हो जाये।"

राम सिंह हाँ में सर हिलाता है। फ़िर वहाँ से चला जाता है। शेर सिंह वापस से फ़ाइलो में गुम हो चुका था। तभी थाने के फोन की घंटी बज उठती है। फोन थानेदार शेर सिंह उठाते है। उधर से एक औरत की रोती हुई आवाज़ आती है

"सर आप जल्दी आ जाइये। मेरे पति विजय कुमार की मौत हो चुकी है।"

यह सुनकर शेर सिंह चौक उठता है और उस औरत से बोलता है

" मुझे आपके घर का पता नोट करवाइए।"

वो औरत रोते हुए अपना पता नोट करवाती है। शेर सिंह हवलदार राम सिंह को आवाज़ लगाता है

"राम सिंह जल्दी से जीप निकालो! हमें तुरंत निकलना होगा।"

शेर सिंह का चेहरा बता रहा था कि वो काफी परेशान है। राम सिंह जल्दी से बाहर की तरफ भागता है। इधर शेर सिंह भी उसके साथ बाहर भागता है। जल्द ही उनकी जीप हवा से बातें कर रहीं थी।

वे लोग जहाँ जा रहे थे, वह जगह शहर से दूर एकांत में थी। आस पास ज्यादा घर भी नहीं थे। जल्द ही वो दोनो उस घर के सामने खड़े थे। वह काफी पुराना घर था। जिसके दीवारों पर काफी समय से पोताई भी नहीं की गई थी।

घर के सामने एक बड़ा सा गेट था। गेट के भीतर लोगो का जमावरा था। जो शायद इस हादसे की वजह से था। दोनो भीड़ को चिड़ते हुए उस पुराने मकान में प्रवेश कर जाते हैं।

शेर सिंह घर के अंदर पहुंचता है, जहाँ मृतक की बीवी और सुपुत्री मौजूद थे। दोनों का रो-रो कर बुरा हाल हो चूका था। शेर सिंह ने उन्हें सांतवना देकर चुप कराया और पूछा

"ये हादशा कैसे हुआ?"

मृतक की पत्नी का नाम सपना था। वो अब भी सुबक रही थी। फिर उसने अपना चेहरा उठाकर शेर सिंह की तरफ देखा

"मैं आज अपने बेटी के कमरे मे सोयी हुई थी। मैं जब सोने गई, तब वे एक नॉवेल पढ़ रहे थे। जिसे वह आज ही खरीद कर लाए थे। उनका कहना था कि वह एक बहुत ही डरावनी नॉवेल थी। "

वह फिर से सुबकने लगती है। शेर सिंह ने आगे पूछा,

"आप कितने बजे सोने गई थी?"

महिला ने जवाब दिया

"मै करीब रात को 11 बजे सोने गयी थी और रात को एक बजे जब अचानक मेरी आँख खुली तो, उनके कमरे की लाइट जल रही थी तो, मैं देखने गई कि वो सो चुके हैं या नहीं। पर जब मै उनके कमरे में गई तो वो अपने कुर्सी से निचे गिरे हुए थे। जब मैंने उन्हें छूकर देखा तो उनका शरीर ठंडा पड़ चूका था और सांस नहीं चल रही थी। मैंने तुरंत डॉक्टर को फोन किया। डॉक्टर साहब ने आकर चेक किया तो इनकी मौत हो चुकी थी।"

वह फिर से रोने लगती है। शेर सिंह ने आगे कुछ नहीं पूछा। उसने पुरे घर की तलाशी ली। पर वहाँ ऐसा कुछ

भी नहीं मिला, जिससे क़त्ल का कुछ सबूत मिले। कुछ देर बाद फॉरेनसिक टीम सबूत जुटाने मे लग गई।

****

कुछ दिनों के बाद फॉरेनसिक और पोस्टमार्टम की रिपोर्ट मे साफ हो गया था कि, हार्ट अटैक से मौत हुई है। पर शेर सिंह काफी चिंतित थे। हवलदार राम सिंह ने पूछा

"सर आप काफी टेंशन मे लग रहे है क्या बात है?"

शेर सिंह ने अपनी परेशानी जाहिर की।

" मैं उस रात हुए विजय कुमार की मौत से चिंतित हूँ।"

इस पर राम सिंह ने कहा

"पर सर उसकी तो हार्ट अटैक से मौत हुई है ना।"

"हाँ राम सिंह उसकी मौत हार्ट अटैक से ही हुई है। लेकिन ये इस हफ्ते की पांचवी मौत है। और मुझे कुछ तो एबनार्मल लग रहा है। सभी मौत एक दूसरे से कनेक्टेड लग रहे है।"

इंस्पेक्टर शेर सिंह की चिंता फालतू की नहीं थी।

****

दिनांक 13 दिसंबर विजय कुमार के मौत के कुछ दिनों बाद। मनोज जो की एक कॉलेज स्टूडेंट है, राजन बुक शॉप से पढ़ने के लिए एक नॉवेल खरीद कर लाता है। अभी रात के 11 बज रहे है और मनोज पुरे जोश मे है कि वो इस "डरावनी नॉवेल"को पढ़ कर ही रहेगा।

इसके लिए उसने अपने दोस्तों से एक शर्त भी लगा रखी है। कि वो रात भर मे पूरी नॉवेल पढ़ कर उसकी स्टोरी सुबह अपने दोस्तों को सुनाएगा। पुरे 10000 की शर्त है तो, एकसाईटमेंट और फियर दोनों ही है। वह नॉवेल को हाथ में लिए सोच में डूबा मुस्कुरा रहा था।

"बेटा मनोज तुझे आज ये शर्त तो जीतनी ही पड़ेगी। क्योंकि पुरे 10000 रु का सवाल है। तो ले हनुमान जी का नाम और पढ़ डाल इस नॉवेल को।"

वह नॉवेल का पहला पन्ना पलटने ही वाला था, कि तभी उसके कमरे की लाइट जलने बुझने लग जाती है। बाहर तेज हवाएं चलने लगती है। जिससे उसके कमरे की खिड़की के कपाट खुलने बंद होने लगते हैं। यह देखकर वह सोचता है।

"क्या वास्तव में यह कोई मनहूस नॉवेल है। जैसा की मैने सुना है। क्या मुझे इसे पढ़ना चाहिए?"

यही सब विचार मन लिए मनोज घबरा तो रहा था। पर शर्त भी जितना जरुरी था।

"पर मुझे यह किताब आज पढ़नी ही पड़ेगी। वरना पुरे 10000 ₹ भी हाथ से निकल जायेंगे। तो ले बजरंगबली का नाम और हो जा शुरू। कामयाबी जरूर मिलेगी।"

फिर हनुमान जी का नाम लेकर मनोज नॉवेल का पहला पृष्ठ खोलता है। तो नॉवेल का शीर्षक था "हॉरर स्टोरी " उसमे मोटे अक्षरों में एक चेतावनी लिखी हुई थी

"अगला पन्ना पलटने से पहले सावधान! कही ये आपकी आख़री रात ना हो जाये।"

पर मनोज ने हिम्मत जुटा कर अगला पन्ना पलट ही दिया।

****

पर जब उसकी नजर अगले पन्ने पर पड़ी तो उसके होश उड़ गए। वह मुँह फाड़ते हुए बोलता है

"ये क्या बकवाश है। नॉवेल तो पूरा कोरा है, पब्लिशर ने क्या बेवकूफ़ बनाया है। मेरे दो सौ रूपए बर्बाद हो गए हद है। "

मनोज अपसेट हो गया था क्योंकि वास्तव में वह नॉवेल बिलकुल कोरा था। उसे गुस्सा भी आ रहा था और चिंता भी हो रही थी।

ये क्या मुसीबत है। पर मुझे समझ में नहीं आ रहा है कोई कोरी किताब क्यों बेचेगा? कहीं इसके प्रिंटिंग में कोई गलती तो नहीं हो गई है। मुझे बुकशॉप वाले भैया से बात करनी होगी। पर जो भी हो मेरे तो पूरे ₹10000 का नुकसान हो गया। और मेरे दोस्त मेरी जान लेंगे सो अलग।"

मनोज अब निराश था। आखिर उसके हाथ से शर्त के पैसे जो निकल गए थे। वह गुस्से से बड़बड़ा रहा था। तभी उसे अपने कमरे के वातावरण में कुछ बदलाव महसूस हुआ। एक अजीब सी दुर्गंध उसके नथुने सढ़ा रही थी। धीरे-धीरे वह दुर्गंध पूरे कमरे में फैलने लगी। पूरा कमरा उस अजीब से दुर्गंध से भर चुका था। ऐसा लग रहा था जैसे कि आस पास कोई सढ़ी हुई लाश हो।

उस दुर्गन्ध से मनोज विचलित हो उठता है। मन ही मन सोचता है

ऊफ! ये कैसी बदबू आ रही है? जैसे कोई चूहा मरा हो। क्या मैंने बहुत दिनों से कमरे की सफाई नहीं की है?"

मनोज तुरंत उठकर खिड़की खोलने की कोशिश करता है। पर खिड़की नहीं खुलती। शायद जाम हो गई थी। तभी कमरे की लाइट भी चली जाती है।

"क्या मुसीबत है। अब इस लाइट को क्या हो गया? यह भरतपुर का भी अजीब सिस्टम है। जब देखो लाइट गुल हो जाती है। शायद मुझे फयूज को चेक करना चाहिए। हो सकता है, घर का फ्यूज उड़ा हो।"

वह फ्यूज की तरफ बढ़ रहा था। कि तभी मनोज को लगता है कि कोई उसके पीछे खड़ा है। अचानक एक ठंडी हवा का झोंका उसके शरीर के आर पार हो जाता है। जिससे वह शिहर उठता है। वो पलटता है तो वहा कोई नहीं होता। वह काफी डर जाता है। उसकी कपकपी छूट जाती है। वह मन ही मन सोचने लगता है

वह क्या था? शायद मेरा वहम होगा। यहाँ तो कोई भी नहीं है। मुझे फ्यूज को चेक करना चाहिए।"

वह फ्यूज बदलने के लिए आगे बढ़े रहा था कि तभी उसे महसूस होता है, जैसे कि उसका शरीर बहुत भारी हो गया हो। कोई उसके कंधे पर खड़ा हो। अचानक से वो सड़ी हुई सी दुर्गन्ध और भी बढ़ चुकी थी। ऐसा लग रहा था कि वो दुर्गन्ध उसके ही शरीर से आ रही हो।

मनोज का पुरा शरीर अब पसीने से नहा उठा था। सांसे बहुत तेज चल रही थी। बाहर कुत्ता रो रहा था। घड़ी की सुई उलटी घूम रही थी। उसका दिल उचलकर बाहर आ जाता उससे पहले ही अचानक से सब कुछ शांत हो गया। मानो वो मनहूसियत अब ख़त्म हो चुकी हो।

मनोज ने चैन की सांस ली। अब उसका शरीर फिर से हल्का हो चूका था। कमरे मे फैली वो सढ़ी सी बदबू भी जा चुकी थी। उसने भगवान का शुक्रिया किया और मन ही मन सोचने लगा

"हे! भगवान ये सब आखिर क्या था? शायद मैं कुछ ज्यादा ही डर गया था। चलो अब सब कुछ ठीक है। पर आज ये सब आखिर हो क्या रहा है?

वह अब सोना चाहता था। इसलिए अपने बेड की तरफ बढ़ ही रहा था कि तभी फिर से कमरे मे वो गन्दी बदबू फैलने लगती है। जानवरो का रोना वापस से शुरू हो जाता है। अब मनोज को ऐसा लग रहा था कि उसका शरीर बिलकुल हल्का हो गया हो। फिर धीरे-धीरे उसका शरीर जमीन से ऊपर उठने लगता है।

" हे! भगवान यह सब क्या हो रहा है? क्या मैं कोई डरावना सपना देख रहा हूं? मुझे ऐसा क्यों लग रहा है कि, जैसे मेरा शरीर हवा में ऊपर उठ रहा है। शायद यह मेरा वहम होगा। "

और वह नीचे देखने लगता है। अगले ही पल उसे जोर का झटका लगता है। क्योंकि वास्तव में उसका शरीर हवा में ऊपर उठा हुआ था। उसके हाथ पैर कांपने लगे थे। शरीर पसीने से सराबोर हो चुका था। उसे अपनी आँखों पर यक़ीन नहीं हो रहा था। उसकी नजर ज़मीन की तरफ जमी हुई थी।

अब मनोज का शरीर ज़मीन से दस फीट ऊपर लटका हुआ था। मनोज को अब अपनी मौत निश्चित लगने लगी थी। तभी उसे अपने सामने एक धुंधली परछाई सी दिखाई देती है।

जिसकी आंखे लाल थी। और चेहरा ऐसा लग रहा था, जैसे सड़ चूका हो। नाख़ून बहुत बड़े-बड़े तथा पैर के पंजे पीछे मुड़े हुए थे। उस साये ने अपना हाथ उठाया और मनोज के हाथ पैर भी मुड़ने लगे। मनोज की दर्दनाक चीख पूरे कमरे में गूंज उठी। वह छटपटाने लगा था। उसकी जीभ बाहर लटक चुकी थी। अंततः उसकी गर्दन भी एक तरफ मुड़ गई। और फिर सब कुछ एक दम शांत हो गया।

****

सुबह के दस बजे भरतपुर पुलिस स्टेशन के फोन की घंटी फिर से बज उठती है। फोन इंस्पेक्टर शेर सिंह ही उठाते है। उधर से आवाज आती है।

"इंस्पेक्टर साहब आप जल्दी आईये। मेरे बेटे की मौत हो चुकी है।"

वो आदमी रोता हुआ अपना पता नोट करवाता है।

जल्द ही शेर सिंह अपने टीम के साथ उस जगह पहुंच चुका था। अंदर का माहौल एक दम गमगीन था। शेर सिंह जल्दी से उस कमरे मे पहुँचता है। जहा मनोज की लाश पड़ी हुई थी। लाश की हालत देख कर ही शेर सिंह समझ जाता है कि, ये किसी इंसान की हरकत नहीं है।

सब जगह तलाशी लेने के बाद भी वहा कुछ सुराग नही मिलता। कुछ सुराग हो तब तो मिले।

****

भरतपुर थाना, राजस्थान

शेर सिंह अब बहुत गुस्से मे था और कुछ सोच रहा था। राम सिंह उसके करीब आता है और बोलता है।

"सर आप क्या सोच रहे है?"

शेर सिंह उठ कर खड़ा हो चुका था। उसके माथे पर चिंता की लकीरें साफ देखी जा सकती थी। उसने गंभीर होते हुए कहा

"मैं सोच रहा हूँ कि अब ये केस हमारे बस का नही है। अब मुझे उसे बुलाना ही पड़ेगा।"

यह सुनकर राम सिंह चौक उठा था। उसने शेर सिंह को घूरते हुए पूछा

"किसे सर?"

इस बार शेर सिंह के चेहरे पर चमक आ चुकी थी। उसने रामसिंह की आंखों में देखते हुए कहा

"वो जो इस तरह के केस का एक्सपर्ट है। जिससे बुरा काम करने वाले लोग डरते है। जो अतृप्त आत्माओ को मुक्ति दिलाता है। जिससे बुरी शक्तियां दूर भागती है। लोग उसे यमराज कहते है। नाम है उसका ""डिटेक्टिव सोमदत्त"।

****

सुनसान सड़क और रात का अंधेरा ऊपर से तेज़ बारीश। मानो मौसम किसी मनहूसियत की गवाह बनना चाहती

थी। एक सफ़ेद रंग की स्विफ्ट कार तेज़ रफ़्तार से सड़क पर दौड़ी जा रही थी।

सोनल और लक्ष्मण जिनकी अभी नई-नई शादी हुई थी। सोनल पतली दुबली पर सुंदर नैन नक्श वाली लड़की थी । जबकि लक्ष्मण भी देखने में कम स्मार्ट नहीं था। उसके घुंघराले बाल उसके स्मार्टनेस को और बढ़ा रहें थे।

दोनों रक्षाबंधन पर पहली बार सोनल के भाई साहब के यहाँ गए थे और वहाँ से अपने घर सुन्दरगढ़ लौट रहें थे। वो जल्दी में थे। क्योंकि रात काफि हो चुकी थी और जल्द से जल्द सुन्दरगढ़ पहुंचना चाहते थे।

पर आगे चल कर दो राहें थी। उनको कोई आईडिया नहीं था कि, किस रास्ते पर उन्हें जाना है। तभी उन्हें एक इंसान दिखाई दिया। जो पैदल चल रहा था। उसके कंधे पर लकड़ियों का गट्ठा था। वो धीरे-धीरे चले जा रहा था।

लक्ष्मण ने गाड़ी उसके करीब रोकी और पुछा

"भाई साहब ये सुन्दरगढ़ की तरफ कौन सा रास्ता जाता है?"

उस बूढ़े इंसान ने पहले तो उसे घूर कर देखा। फिर लड़खड़ाती जुबान से अपने दमदार आवाज में बोला

"बाबू! ये दोनों ही रास्ता सुन्दरगढ़ को जात है। ये वाला रास्ता बहुत लम्बा हौ और ये जंगल वाला रास्ता छोट हौ। जल्दी पहुँच जाब।"

लक्ष्मण ने जंगल वाला रास्ता ले लिया था। सोचा जल्दी पहुँच जायेंगे। पर लक्ष्मण ने एक बार पलट कर नहीं देखा। वरना वह देख पाता कि वो इंसान शैतानी मुस्कान के साथ उन लोगो को जाते हुए देख रहा था।

लोगो के अनुसार वो जंगल श्रापित था। वहाँ से गुजरने वाले कितने ही लोग उस रास्ते पर तो गए। पर कभी जंगल से निकल नहीं पाए। उनकी लाश तक नहीं मिलती थी। इसलिए कोई भी इस रास्ते पर नहीं जाते थे। पर शार्ट कट के चक्कर में आज लक्ष्मण ने वो गलती कर दी थी।

वो दोनों उस रास्ते पर बढ़े ही जा रहें थे। पर कोई मंज़िल नजर नहीं आ रही थी और ऊपर से हो रही तेज़ बारिश ने माहौल को और डरावाना बना दिया था।

गाड़ी चलाते हुए लगभग तीन घंटे बीत चुके थे। पर कुछ भी नज़र नहीं आ रहा था। सोनल को अब उबासी आ रही थी।

"लक्ष्मण डार्लिंग!! कब ख़त्म होगा ये मनहूस जंगल? कब से चले जा रहे है। मुझे जोरो की भूख लगी है और नींद भी आ रही है।"

लक्ष्मण भी लगातार गाड़ी चला कर परेशान हो गया था। क्योंकि उसे ऐसा लग रहा था, जैसे कि वो लोग बार-बार घूम कर उसी जगह पर पहुंच जा रहे हैं।

"पता नहीं डिअर! अभी तक तो हमें शहर पहुँच जाना चाहिये था।"

सोनल को भी अब गुस्सा आ रहा था। उसने लक्ष्मण पर गुस्सा करते हुए कहा

"पता नहीं तुमने ये रास्ता किस मनहूस घड़ी में लिया था। रात के सफ़र में जंगल का रास्ता कभी भी सेफ नहीं होता।"

पर लक्ष्मण ने सोनल की बात को यूं ही मजाक में उड़ाते हुए कहा

"कुछ नहीं होगा स्वीट हार्ट! हम जल्द ही इस जंगल से निकल जायेंगे। तुम टेंशन मत लो। वैसे भी जब हम दोनो साथ है तो चिंता की बात है।"

सोनल भी मज़ाक़ के मूड में हीं थी।

"टेंशन तो होगी ना जी। आप के बगल में इतनी खूबसूरत और हॉट लड़की बैठी है और आप बस बाते ही किये जा रहें हो।"

लक्ष्मण ने भी रोमांटिक होते हुए कहा

"अच्छा जी इस डरावने माहौल में भी तुम्हे रोमांस सूझ रहा है। रुक जाओ घर पहुंचने दो फिर बताता हुँ। फिर ना कहना कि आप बड़े वो हैं।"

दोनो हॅसने लगते हैं। फिर सोनल ने अपनी बड़ी बड़ी आंखों से रोड को घूरते हुए कहा

"पर हम लोग घर पहुंचेंगे कब? तब तक कहीं मैं भूख से ही ना मर जाऊ। सच में मेरे पेट में चूहें कुद रहें है और कार में जो भी कुछ था, सब ख़त्म हो गया है।"

सड़क एक दम सुनसान थी और उस रास्ते पर कोई आता जाता भी नहीं था। पर तभी अचानक उनकी कार बंद हो गई। लक्ष्मण ने गुस्से से कहा

"हद है यार!! अभी इस कार को ख़राब होना था। "

लक्ष्मण कार से नीचे उतरता है और बोनट खोल कर देखता है। पर उसे कुछ समझ नहीं आता। सोनल ने कार के अंदर से ही झांकते हुए पूछा

"क्या हुआ डिअर?? ये ठीक तो हो जायेगा ना? कोई मेज़र फाल्ट तो नहीं?"

इस पर लक्ष्मण ने निराश होते हुए कहा

"कुछ पता ही नहीं चल रहा। इस विराने में कोई मैकेनिक भी मिलने से रहा।"

तभी लक्ष्मण को लगा सड़क के किनारे खड़े बड़गद के पेड़ के पीछे से कोई उन्हें देख रहा है। लक्ष्मण ने टॉर्च की रौशनी उस तरफ मारी। पर वहाँ कोई नहीं था। सोनल ने भी उस बरगद के पेड़ की तरफ देखते हुए पूछा

"क्या हुआ डिअर तुम टॉर्च की लाइट उधर क्यों मार रहें हो।?"

लक्ष्मण ने उस पेड़ को घूरते हुए कहा

"कुछ नहीं! मुझे लगा कि उधर कोई है।"

फिर लक्ष्मण कार को ठीक करने में लग गया। अचानक भेड़िये की आवाज़ आने लगी

" हा... ऊ.. ऊ... ल।"

अचानक से चमगादड़ और कौवे उड़ने लगे थे। पुरा आसमान काला पड़ गया था। अचानक उनकी कार हवा

में ऊपर उठने लगी थी। सोनल अभी भी कार में ही थी। यह दृश्य देखकर सोनल का पूरा शरीर कांपने लगा था। वह ज़ोर से चिल्लाई

"लक्ष्मण देखो ये क्या हो रहा है? हमारी कार हवा में उड़ रही है।"

लक्ष्मण ने जब उस कार को हवा में उड़ते हुए देखा तो, उसके रौंगटे खड़े हो गए। उसने चिल्लाते हुए कहा

" हे! भगवान!! सोनल जल्दी कार से उतरो। जम्प सोनल जम्प।"

सोनल कार से नीचे कूद जाती है। उसे ज्यादा चोट नहीं लगती। क्योंकि कार ज़मीन से ज्यादा ऊपर नहीं थी। पर कार धीरे ऊपर उठ रही थी। दोनों को काटो तो खून नहीं। सोनल ने अपना मुंह फाड़ते हुए कहा

"ये सब क्या हो रहा है लक्ष्मण? मुझे तो कुछ समझ नहीं आ रहा। हमारी कार हवा में कैसे उड़ रही है? कौन कर रहा है ये सब? कहीं हम किसी मुसीबत में तो नहीं फस गए हैं? वैसे भी ये जंगल मनहूस है।"

लक्ष्मण खुद हैरान था। सब देख कर।

"मुझे कुछ समझ नहीं आ रहा। कहीं यहाँ कोई शैतानी साया तो नहीं?"

सोनल का डर के मारे बुरा हाल हो चुका था। उसने चिल्लाते हुए कहा

"हाँ यहाँ कुछ तो गड़बड़ है।मुझे बहुत डर लग रहा है। यहाँ से भाग चलो।"

पर तभी उन्होंने देखा कि उस कार को बरगद पेड़ के जड़ो ने पकड़ रखा था। और पेड़ उसे अपनी तरफ खींच रहा था। धीरे-धीरे कार पेड़ की तरफ खींचा चला जा रहा था। उसके बाद दिखा वह ख़ौफ़नाक नज़ारा।

पेड़ ने अपना बड़ा सा मुँह खोला और कार धीरे-धीरे उसमे समाने लगी। कुछ ही पलो मे कार उस पेड़ के भीतर समा गयी थी और फिर सब कुछ शांत हो गया।लक्ष्मण और सोनल ये भयानक नज़ारा देख कर एक दम बुत बन गए थे। कि तभी।

****

लक्ष्मण और सोनल उस ख़ौफ़नाक मंज़र को देखकर सुन्न पड़ चुके थे। दोनों अपने जगह पर जड़ हो चुके थे। तभी सोनल चिख्खी

"भागो लक्ष्मण भागो! वरना ये राक्षस पेड़ हम लोगो को भी खा जायेगा। इसने तो हमारी कार को साबुत ही निगल लिया।"

मानो लक्ष्मण गहरी नींद से जागा हो। वह बौखलाया हुआ सोनल को देखता है। फिर दोनों भागने के लिए मुड़े ही थे कि, अचानक उस शैतानी पेड़ की लताओ ने उनके पैरो को जकड़ लिया था। लताओं की पकड़ इतनी मजबूत थी कि उससे छूटना लगभग नामुमकिन था। दोनों भाग ना सके।

वो पेड़ दोनों को अपने तरफ घसीट कर ले जा रहा था। दोनों चीख रहें थे। पर उनकी चीख सुनने वाला वहाँ कोई भी नहीं था।

अब दोनो की नज़रे एक दूसरे पर जम गई थी। दोनों ने एक दूसरे को देखा। दोनों के आँखों में आँसू थे। आखिर कुछ ही दिनों पहले तो उनकी शादी हुई थी और आज उन दोनों के बिछड़ने का समय आ गया था। वो भी ऐसी मौत जिसके बारे में कल्पना भी नहीं की जा सकती थी। मन ही मन दोनों खुद को कोस रहे थे कि, उन्होंने यह रास्ता क्यों चुना।

एक बार फिर से उस शैतान का मुँह खुल चुका था। अब लक्ष्मण और सोनल उसका निवाला बनने जा रहे थे। और उन्हें बचाने वाला वहाँ कोई नहीं था। जल्द ही उस

शैतानी रास्ते के वो अगले शिकार बनने वाले थे। पर शायद किस्मत को कुछ और ही मंजूर था। क्योंकि चमत्कार हुआ।

एक तलवार लहराता हुआ आया और उस शैतानी पेड़ की लताओ को काटता चला गया। अब दोनों आज़ाद हो चुके थे। उस शैतानी पेड़ की भयानक चीख उस जंगल में गूंज उठी थी।

दोनों ने सिर उठा कर देखा, तो एक फरिश्ता अपने बाइक से उतर रहा था। देखने में एक दम हीरो, 6 फुट की हाइट, उजला रंग, गठीला शरीर, नीली आंखें, आँखों में चश्मा, चेहरे पर एक अलग प्रकार का तेज़ था।

लक्ष्मण और सोनल उठकर खड़े हो चुके थे। वे उस फरिश्ते को ही देख रहे थे। उसे देखकर दोनों के चेहरे खुशी से खिल उठे थे। लक्ष्मण ने उस फरिश्ते की तरफ देखते हुए कहा

"आप तो आज हमारे लिए फरिश्ता बन कर आये है। अगर आज आप सही समय पर नहीं आते तो यह शैतान पेड़ हमें अपना निवाला बना चुका होता। वैसे आप हैं कौन?"

उसने अपने आंखों से चश्मा हटाया और मुस्कुराते हुए बोला

"मेरा नाम हैं डिटेक्टिव सोमदत्त है। वैसे लोग मुझे यमराज भी कहते हैं। क्योंकि मैं इन जैसे शैतानो को नरक भेजता हुँ। और आज ये भी नरक में ही जायेगा। क्योंकि इसके जैसे शैतानो के लिए वहाँ अलग सज़ा तय है।"

तभी उस शैतानी पेड़ ने फिर से अपने जड़ो से उन्हें जकड़ना चाहा। पर इस बार सोम उसके सामने आ गया। जड़ो ने उसे ही जकड़ लिया था। पेड़ ने अपना बड़ा सा मुँह फिर खोल दिया। पर सोम ने जैसे ही अपने हाथो से एक लता को छुआ। मानो पेड़ को 440 बोल्ट का झटका लगा हो। वह छटपटा उठा।

उस शैतानी पेड़ की पकड़ ढीली पड़ गई और सोम छूट गया। फिर उसने अपनी तलवार उठा ली। सोम कि ये तलवार बहुत विशेष थी। जिसका इस्तेमाल वो इस तरह के पावरफुल शैतानो को मारने में करता था।

उसने एक बार फिर उसकी लता को हाथ लगाया और अपनी आँखें बंद कर ली। वो उस शैतान से सम्पर्क साध रहा था। कुछ ही देर में जल्द ही दोनों आमने-सामने थे।

सोम अब एक अलग आयाम में था। जिसे प्रेत लोक कहते हैं। शैतान का चेहरा बहुत भयानक था। जैसे उसके चेहरे के मांस सढ़ चुके हो और नीचे लटक रहें हो। आधे शरीर

पर मांस ही नहीं थे। जो भी थे सढ़ चुके थे। उसकी आँखे एकदम लाल थी। वो पुरी चलती-फिरती लाश थी।

सोमदत्त ने उस शैतान की तरफ देखते हुए पूछा

"तुम कौन हो और क्यों लोगो को मार रहें हो? इन मासूम इंसानों ने तुम्हारा क्या बिगाड़ा है?"

शैतान मुस्कुराया फिर अपने भयानक आवाज़ में बोला

" तू कौन होता है मेरे बारे में पूछने वाला? मैं इस जंगल पर राज करता हूं। तेरे जैसा मामूली इंसान मेरा कुछ भी नहीं बिगाड़ सकता। अच्छा यह होगा कि तू यहां से भाग जा। मुझे इन दोनों का शिकार करने दे। कहीं इनकी जगह तू ही मेरा निवाला ना बन जाए। "

सोम मुस्कुराया

" तेरे जैसे शैतानों को मारने के लिए ही तो मैंने यमराज की शक्ति धारण की है। ताकि तेरे जैसे भटके हुए आत्माओं को सही जगह पहुंचा सकूं। अब जल्दी से बता कि तू कौन है?"

"मेरा नाम जीवनलाल है। आज से 30 साल पहले मेरी बीवी ने अपने भाई और उसके दोस्तों के साथ मिलकर मेरी दौलते के लालच में मेरी हत्या कर दी व इसी जगह पर मेरे शरीर को दफना दिया। धीरे-धीरे मेरे शरीर पर

ये बदगद का पेड़ उग आया। मेरा शरीर इसके जड़ो के साथ नीचे जाता रहा। और आज मेरा शरीर कई फुट नीचे चला गया है,और मेरी आत्मा इसी पेड़ के साथ जुड़ गई है। चुंकि मेरे शरीर का अंतिम संस्कार नहीं हुआ था। इसलिए मुझे मुक्ति नहीं मिल पाई। समय के साथ मैं उन सब को गुमराह करके इस रास्ते पर लाता रहा और एक-एक करके उन सबको मार दिया। इस प्रकार मैने अपना बदला उन सबसे ले लिया।"

सोम दत्त ने अपनी भौहें तानते हुए पूछा

"अगर तुम ने अपना बदला अपने हत्यारो से ले लिया था,तो आज तक दूसरे निर्दोष लोगो को क्यों मारते रहें हो? उन लोगो ने तुम्हारा क्या बिगाड़ा था?"

शैतान कुछ देर तक चुप रहा। फिर उसने डर से भरी आवाज में कहा

"उसके कारण। जिसने मुझे ऐसा करने के लिए आदेश दिया था।"

यह सुनकर सोमदत्त को आश्चर्य हुआ। उसने उसे धमकाते हुए पूछा

"किसने तुम्हे निर्दोष लोगो को मारने का आदेश दिया था।vकौन है वो??"

शैतान की आंखें सिकुड़ चुकी थी। उसने लगभग डरते हुए कहा

"उसका नाम नहीं लिया जाता। वैसे भी तुमको मैंने बहुत कुछ बता दिया है। अब तुम्हारे मौत का वक़्त आ गया है। हा.. हा. हा!"

****

इस बार शैतान ने एक ज़ोर का झटका दिया और वो सोम के पकड़ से छूट गया। दोनों अब वापस इस आयाम में थे। वो शैतानी पेड़ वापस अपने भयानक रूप में आ गया था। उसका बड़ा सा मुँह फिर से खुल गया था। उसकी लताए अब हवा में लहरा रही थी। वो कितना भयानक दृश्य था। कोई आम इंसान देखे तो उसकी ज़िन्दगी ही ख़त्म हो जाए।

तभी उस शैतानी पेड़ की हसी उस वातावरण में गूंज उठी।

"हा.. हा... हा... तुझे क्या लगा तू मुझे मार सकता है। ये इतना आसान नहीं है। क्योंकि जब तक मेरा शरीर सुरक्षित है। मैं मुक्त नहीं हो सकता। और मेरा शरीर ज़मीन के अंदर इतनी गहराई तक चला गया है कि, कोई उस तक पहुँच ही नहीं सकता। इसलिए अब तुम लोगो के मरने की बारी है। फिर मैं तुम सबको निगल जाऊंगा। "

फिर उस शैतान ने अपनी लताओं को चारो तरफ फैला दिया। अब वो हर तरफ थीं। और उन लोगो की तरफ ही बढ़ रहीं थी।

उस शैतान की बातें सुनकर लक्ष्मण और सोनल डर से कांपने लगे। उस शैतान ने दुबारा से उन दोनों को अपने लताओ में जकड़ लियाथा। उनका शरीर हवा में कई फिट ऊपर उठ चुका था। शैतान का बड़ा सा मुँह फिर से खुल चुका था। दोनो छटपटा रहें थे।

शैतान उन दोनो को साबुत निगल जाना चाहता था। दोनो उस विशाल मुख के बिलकुल सामने लटके हुए थे। और शैतान उन्हें अपना निवाला बनाने ही वाला था कि तभी सोमदत्त सामने आ जाता है।

"तुम जैसे कई शैतानो को मैंने नर्क की आग में पहुंचाया है और तू भी बही जायेगा। तेरा शरीर अगर इस पेड़ के नीचे है तो इसकी जड़े तेरे शरीर के अंदर ही होंगी और साइंस के अनुसार पेड़ की जड़े आपस में कनेक्टेड होती हैं। अगर मैं किसी भी जड़ पर अपने तलवार से वार करू तो वो सीधे तेरे शरीर को जला कर राख कर देगी।"

पर शैतान को इन बातो से क्या मतलब था। वह तो अपने घमंड में चूर था। बस उसे किसी भी प्रकार से उन दोनो को अपना निवाला बनाना था।

"हा.. हा.. हा..!! तू अपनी तलवार से सिर्फ मेरी जड़ो को काट सकता है। मेरे शरीर को नष्ट नहीं कर सकता।इसलिए मैं अमर हूँ मुझे कोई नहीं मार सकता।"

पर उस शैतान को क्या पता था कि उसने गलत इंसान से पंगा ले लिया है। इसलिए बह अपनी शैतानी हरकतो से बाज नहीं आ रहा था।

"तू मेरी और मेरे तलवार की शक्तियों को नहीं जानता। वरना यूँ हसता नहीं। अब नर्क में जाकर अपने शैतानी भाइयो से पुछ लेना कि सोमदत्त कौन है? और शैतान मुझे यमराज भी क्यों कहते है? जा तू अब नर्क की आग में जल।"

अगले ही पल सोमदत्त अपनी तलवार मुख्य जड़ में घुसा देता है। जल्द ही तलवार की शक्ति उस जड़ तक पहुँच जाती है। जो उस शैतान के शरीर में धंसी हुई थी। शैतान का शरीर जल उठता है और निकलती है एक भयानक चीख।

उस भयानक चीख से पुरा जंगल दहल उठा था।

"तू ये मत सोचना कि तू जीत गया सोमदत्त! यह तो सिर्फ एक शुरुआत थी। जल्द ही तेरा सामना इससे भी बुरी परिस्तिथियों से होने वाला है।"

उसकी इस रहस्यमयी बातों का मतलब समझना अभी बाकी था। पर शैतान का अंत हो चुका था। भविष्य में एक बड़ा शैतान उसके सामने आने वाला था। जो इन सभी शैतानो से ख़तरनाक था। इस प्रकार उस ख़तरनाक शैतान का अंत हुआ। और उस पेड़ को भी उस शैतान से मुक्ति मिल गई थी।

लक्ष्मण और सोनल सोम के पास आ चुके थे। लक्ष्मण ने अपने हाथ जोड़कर कहा

"आपका जितना धन्यवाद किया जाये कम है। आप ने एक फ़रिश्ते की तरह आकर हमारी रक्षा की और इस हैवान का अंत किया।"

सोम ने उसके हाथ को अपने हाथ से पकड़ कर कहा

"इसमें धन्यवाद की क्या बात है। इन जैसे शैतानो को नर्क भेजना ही तोमेरा काम है। अब चलिए आप दोनों को शहर तक छोड़ देता हूँ।"

तभी सोनल ने तपाक से पूछा

"वैसे आप अचानक यहाँ कैसे पहुँच गए?"

सोम ने मुस्कुराते हुए कहा

"मैंने इस जंगल के बारे में बहुत लोगो से सुना था। कि ये जंगल किस प्रकार लोगो को लील जाता है और उनकी लाश तक नहीं मिलती। बस उनके गुमशुदगी की रिपोर्ट ही दर्ज़ होती है। जब मैं पुरा माज़रा समझ गया तो, आ गया इस शैतान का खात्मा करने और आप लोगो की किस्मत अच्छी थी कि मैं सही समय पर पहुँच गया।"

लक्ष्मण ने गुस्से भरे स्वर में कहा

"भगवान करे उस दुष्ट अजनबी का नाश हो। जिसने हमें इस मौत के रास्ते का पता बताया था। उस बदमाश ने कहा था कि ये रास्ता शॉर्टकट है और हमें जल्दी से घर तक पहुँचा देगा। पर ये नहीं बताया कि इस रास्ते पर ये शैतानी पेड़ हमारा इंतेज़ार कर रहा था।"

सोम मुस्कुराते हुए बोला

"अच्छा वो अजनबी! जिसने आपको ये रास्ता बताया। असल में वो, यही शैतान था। जो लोगो को इंसान के भेष में गुमराह करता था। मैं भी यहाँ आते वक़्त उससे मिल चुका हुँ। मैं तो उसे देखते ही पहचान गया था कि, वो एक शैतान था। अब उसका भी अंत हो गया है। ये जंगल अब श्राप मुक्त है।"

वो लोग जंगल से निकल रहे थे कि तभी सोमदत्त को एहसास हुआ कि कोई है जो लगातार उन पर अपनी

नज़रे गड़ाये हुए है। और उन लोगो के वहाँ से निकलते ही, पुरा जंगल एक भयानक हसी से गूंज उठा था।

"ये तो सिर्फ शुरुआत है। आगे चलकर तेरा सामना मुझसे होगा। तब देखता हूँ तेरी सारी शक्तियां। उस दिन तेरी मौत मेरे ही हाथों होगी। और मुक्त हो जायेगा डेविल!"

पर सोमदत्त शायद उस शैतानी हसी को सुन नहीं पाया था।

फिर सोमदत्त उन दोनों को सुन्दरगढ़ में छोड़ कर आगे बढ़ जाता है। क्योंकि उसे इंस्पेक्टर शेर सिंह का फोन आया था। (जब वो न्यूयार्क गया हुआ था। वैम्पायर से जुड़ी कुछ जानकारी लेने।)

****

भरतपुर, राजस्थान

जब डिटेक्टिव सोमदत्त वैम्पायर से जुड़ी कुछ जानकारी लेने न्यूयार्क गया था। तभी उसे इंस्पेक्टर शेर सिंह का कॉल आया था। उसने भरतपुर में हो रही मौतो के बारे में उसे बताया था।

शेर सिंह ने बताया कि ये केस पुलिस सॉल्व नहीं कर पा रही हैं। इसलिए वो जल्दी आये। जल्द ही सोमदत्त भारत वापस आ जाता है। फिलहाल सोमदत्त जंगल के उस शैतान को ख़त्म करने के बाद वापस घर आ चुका था। उसे इंस्पेक्टर शेर सिंह से मिलना था। पर रात ज्यादा होने और थकान के कारण सोमदत्त ने सुबह उनसे मिलना तय किया था।

बिस्तर पर जाते ही सोमदत्त को गहरी नींद आ गई। फिर सुबह जल्दी उठ कर वह इंस्पेक्टर शेर सिंह से मिलने के लिए निकल गया था। पर रास्ते में उसे ऐसा लगा जैसे कि वो लगातार एक ही रास्ते पर चले जा रहा हैं। पर वह आगे ही नहीं बढ़ रहा था। बार-बार आसपास के लोकेशन रिपीट हो रहें हैं। उसे आश्चर्य हो रहा था कि ऐसा क्यों हो रहा है।

"अरे! आखिर यह हो क्या हो रहा हैं? मैं घूम-फिर कर उसी जगह पर कैसे आ जा रहा हुँ? ऐसा लग रहा है जैसे मैं एक ही जगह पर घूम रहा हूँ। ये कैसा अजूबा है? कुछ समझ नहीं आ रहा है।"

तभी अचनाक उसकी बाइक बंद पड़ जाती है। जब वह बाइक पर से नीचे उतरता है तो देखता हैं, कि आसमान में लाखो काले कौए उड़ रहें थे। जिनकी आँखे एकदम लाल थी।

"ये आसमान में अचानक से इतने कौए कहाँ से आ गए? कहीं ये मेरे आँखो का धोखा तो नहीं।"

उन कौओ की संख्या काफी ज्यादा लग रही थी। और उन्हें देखकर साफ पता चल रहा था कि, वो कोई साधरण कौए नहीं हैं। बल्कि शैतानी कौए हैं।

पर तभी अचानक से वो कौए उस पर हमला करने लगते हैं। इतने सारे कौओ के एक साथ अटैक करने से सोम अपने आप को जैसे-तैसे बचाता हैं। सोमदत्त हाफ़ रहा था। बड़ी मुश्किल से वो उन शैतानी कौओ से बच पाया था। उसकी नजर आसमान पर थी।

"ऐसे ख़तरनाक कौए मैने जीवन में नहीं देखे। पर अचानक से वो कहाँ गायब हो गए?"

सोम आसमान की तरफ देख रहा था। अब आसमान का रंग एकदम से काला हो चुका था। मानो किसी बहुत बड़े तूफान का संकेत दे रहा हो।

"आज तो लगता है कयामत ही आने वाली है। आसमान का ऐसा रंग शुभ तो कभी नहीं हो सकता। शायद मुझे किसी सुरक्षित जगह की ओट में जाना चाहिए।"

वह सोच ही रहा था कि, तभी ज़ोर की आंधी चलने लगती हैं। उस तूफान की गति इतनी ज्यादा थी कि सोम के पैर उखड़ने लगते हैं। और वो हवा में उड़ने लगता हैं।

तभी अचानक चारो तरफ अंधेरा छा जाता हैं। सोमदत्त हवा में लटका हुआ था कि, तभी आसमान में एक विशाल सा साया नज़र आता हैं। जो बहुत ही भयानक नज़र आ रहा था। वो सोमदत्त से कुछ कह रहा था। पर कुछ भी समझ नहीं आ रहा था।

पर तभी अचानक सोम के गले को पेड़ की लताए जकड़ने लगती हैं। उसका दम घुटने लगता हैं। वो अपनी किसी भी शक्ति का इस्तेमाल नहीं कर पा रहा था।

उसकी सांसे रुकने लगती हैं और उसे ऐसा लगने लगता हैं, जैसे कि उसकी मौत नज़दीक ही है। पर तभी उसकी तलवार उसके हाथ में आ जाती हैं। जिससे वो उन लताओ को काट देता हैं और ज़मीन पर आ गिरता है।

" !!धड़ाम!!"

पर तभी उसकी आँखे खुल जाती हैं और वो बिस्तर पर उठ बैठता हैं। वो पसीना-पसीना हो चुका था। वो हाफ़ रहा था। उसके दिल की धड़कन अब भी तेज चल रही थी। पहले उसने खुद को ऊपर से नीचे तक छू कर देखा।

"अरे ये तो एक सपना मात्र था। भगवान का शुक्र है कि यह हकीकत नहीं था।"

पर उसके गर्दन में अब भी दर्द हो रहा था। ठीक उसी जगह पर जहाँ पेड़ की लताओं ने कुछ समय पहले सपने में जकड़ा हुआ था। क्या था वो सपना या हक़ीक़त? सोमदत्त सोंच में डूबा हुआ था। या ये आने वाले मुसीबत की कोई चेतावनी थी??

****

सोमदत्त अब इंस्पेक्टर शेर सिंह के घर पर था।

" अरे! आओ आओ मेरे प्यारे दोस्त! मैं कब से तुम्हारी ही राह देख रहा था। तुम्हारे आ जाने से मेरी टेंशन काफी कम हो गयी है। वरना इस केस ने तो मेरी नींद उड़ा रखी है। मैं तो कुछ भी नहीं समझ पा रहा था कि मैं कैसे इस केस को सॉल्व करूंगा? इसलिए मैंने सोचा तुम्हारी मदद ली जाए। वैसे भी जहां तक मैं समझ पा रहा हूं, यह केस इतना सीधा नहीं है। हो ना हो इसमें किसी नेगेटिव पावर का हाथ जरूर है।"

" इसीलिए तो जैसे ही मुझे तुम्हारा फोन आया मैं तुरंत यूएसए से यहां वापस लौट आया। वैसे भी जब मैंने इस केस के बारे में सुना तो यह केस मुझे बहुत इंटरेस्टिंग

लगा। क्योंकि इस तरह से अचानक लोगों की मौत होना कोई आम घटना नहीं है।"

"तो चलो जल्दी से इस केस को खत्म करते हैं। वरना मेरी नौकरी पर लटक रही तलवार कहीं मुझे काट ही ना दे।"

सोमदत्त मुस्कुराया और बोला

"मेरे रहते किसकी इतनी हिम्मत है, जो मेरे दोस्त को छू भी सके। वैसे भी हम दोनों मिलकर बहुत जल्द ही यह केस सुलझा लेंगे। फिर तेरी तरफ से पार्टी रहेगी।"

" हां ना मेरे यार! अगर तू यह केस सुलझा लेता है तो मेरी तरफ से तुझे ग्रैंड पार्टी।"

फिर वे दोनों उसके घर के लिए निकल पड़ते हैं जहां उस लड़के की मौत हुई थी।

****

जल्द ही वे दोनों उस कमरे में मौजूद थे। जहां मनोज की मौत हुई थी। वहां सोमदत्त को वह नोबेल दिख जाती है। वह उस नोबेल को उलट पलट कर देखता है।

पर उस नॉवेल में ऐसा कुछ भी नहीं था। जिससे यह लगे कि इसी नॉवेल की वजह से मनोज की मौत हुई थी।

उसमें लिखें सभी हॉरर कहानियां डरावनी तो थी। पर इतनी भी डरावनी नहीं थी कि किसी की जान चली जाए।

फिर सोमदत्त पूरे घर का मुआयना करता है। पूरे घर का मुआयना करने के बाद। सोमदत्त इंस्पेक्टर शेर सिंह से कहता है

"इस घर में कुछ तो ऐसा हुआ है। जो शायद नहीं होना चाहिए था। मुझे किसी बड़े खतरे की बू आ रही है। चलो मुझे जितना कुछ देखना था, मैंने देख लिया। अब हमें यहाँ से चलना चाहिए। पर मैं यह नॉवेल अपने साथ ले जाना चाहता हूं। अगर तुम्हारी इजाजत हो तो।"

शेर सिंह ने मुस्कुराते हुए कहा

"क्यों नहीं बिल्कुल! तु इसे ले जा सकता है। बस किसी तरह ये केस सॉल्व कर दे, मेरे यार। वरना मेरी नौकरी खतरे में पड़ जाएगी। तुझे अगर इस केस से रिलेटेड कोई दूसरे एविडेन्स चाहिए तो मुझे बताना। मैं अरेंज कर दूंगा।"

सोमदत्त कुछ सोच रहा था। फिर उसने मुस्कुराते हुए कहा

"फिलहाल तो मुझे यह नॉवेल चाहिए। बाकी मुझे किसी चीज की जरूरत होती है तो, मैं तुझे जरूर बताऊंगा। वैसे तेरा शक बिल्कुल सही था। क्योंकि मैं इस जगह पर किसी शैतानी शक्ति की उपस्थिति महसूस कर पा रहा हूं। हो ना हो उस रात यहां कोई खतरनाक शक्ति मौजूद थी। "

फिर दोनों वहां से चले जाते हैं।

****

सोमदत्त का घर

रात को सोमदत्त मृतक के फोटोग्राफ्स को देखता है तो वह हिल जाता है।

"क्या कोई शैतान इस तरह भी किसी इंसान को मार सकता है? कितना दरिंदा का था वह शैतान? क्या उसे इस बच्चे पर थोड़ी सी भी दया नहीं आई होगी। जो उसने इसे इतनी बेरहमी से मारा है। जो भी हो यह कोई मामूली शैतान नहीं है।"

सोमदत्त उस नॉवेल को अच्छे से उलट पलटकर देखता है

"हम्म!हो ना हो यह सब कुछ किसी बड़ी मुसीबत का संकेत दे रहा है। पर वह मुसीबत क्याहै। यह पता लगाना पड़ेगा। वैसे भी रात को जो सपना आया था। उसका भी कुछ तो मतलब होगा।"

सोमदत्त ने नॉवेल का पहला पन्ना खोल रखा था।

"शायद मुझे इस नॉवेल को पढ़कर देखना चाहिए। हो सकता है। इसे पढ़कर इस केस के बारे में कुछ जानकारी मिल सके। अगर सच में यह नॉवेल शैतानी है तो मुझ पर भी इसका हमला जरूर होगा। और अगर इन सब के पीछे किसी शैतानी रूह का हाथ है तो मुझे इसका चक्रव्यूह तोड़ना ही होगा।"

सोगदत्त पहली कहानी पढ़ता है

"यह कहानी रामगढ़ के उस हवेली के बारे में है ,जो श्रापित थी। उसमें जाने वाला कोई भी इंसान जीवित लौट कर वापस नहीं आता था। यह हवेली जंगल के बीचों-बीच स्थित थी। इसके राजा राजमोहन थे।"

"वो एक खूंखार राजा थे। उन्हें अपने खजाने से बहुत प्यार था। अपने खजाने की सुरक्षा के लिए उन्होंने खूंखार जानवर और सिपाही तैनात किए हुए थे। वह जो भी युद्ध

जीत जाते उसके जीते हुए सोने,चांदी और दूसरे आभूषणों को अपने खजाने में शामिल करते जाते थे।"

"इस प्रकार उनके पास एक विशाल खजाना जमा हो गया था। पर उस खजाने को कोई भी प्राप्त नहीं कर पाया। राजा की मृत्यु के बाद भी वह खजाना आज भी उस हवेली में सुरक्षित है। उसकी सुरक्षा आज भी खतरनाक जानवर और राजा के सिपाही करते हैं।"

"अगर कोई उस ख़ज़ाने को प्राप्त करने की कोशिश करता है तो जिंदा नहीं लौटता। कई लोगों ने उस खजाने को प्राप्त करने की कोशिश की थी। पर कोई भी सफल नहीं हो पाया था। बल्कि वह दुबारा लौट कर वापस नहीं आया।"

सोमदत्त कहानी को इतना ही पढ़ पाया था, कि अचानक उस कमरे की लाइट चली जाती है। चारों तरफ अंधेरा हो जाता है। कुछ समय बाद ही लाइट वापस आ जाता है। पर सामने का नजारा बिल्कुल बदल चुका था।

क्योंकि सोमदत्त अपने आप को उसी हवेली में पाता है। जिसे देख कर वह चौंक उठता है। क्योंकि अभी कुछ देर पहले ही तो वह अपने कमरे में बैठकर उस नॉवेल को पढ़ रहा था।फिर अचानक वो यहां कैसे आ गया। क्या ये हकीकत था? या फिर से वो सपना देख रहा था?

****

सोमदत्त ने चारो तरफ देखा, पर वो सच में उस महल के अंदर था। सोमदत्त समझ गया था,कि वो एक शैतानी चक्रव्यूह में फस गया है। अगर उसे इससे बाहर निकलना है तो प्राप्त करना पड़ेगा राजा राजमोहन का खज़ाना।

" लगता है मैं दूसरी दुनिया में आ चुका हूं। शायद यह इस शैतानी नॉवेल के चक्रव्यूह का हिस्सा है। मुझे इसके पार जाना होगा। शायद तभी जाकर यह नॉवेल श्राप मुक्त होगा। "

पर यह इतना आसान भी नहीं था। क्योंकि उस खजाने की सुरक्षा में कहानी के अनुसार कई तरह के पहरेदार लगे हुए थे। फिर भी सोमदत्त ने आगे बढ़ने की सोची।

"ऊफ! ये मैं कहाँ आ फ़सा? ये महल कितना बड़ा है। पता नहीं वह खजाना कहां छुपा होगा? पर मुझे किसी भी हालत में वह खजाना हासिल करना ही होगा। तभी शायद यह चक्रव्यू टूटेगा। वरना मैं हमेशा हमेशा के लिए यहां फंसा रह जाऊंगा।"

पर एक बात तो सच थी कि खजाना जहां रखा होगा। वहां ज़ोरदार सुरक्षा होगी। सोमदत्त हवेली में घूमने लगा। जल्द ही उसे एक ओर से कुछ आवाजें सुनाई दी।

वह एक कमरा था। सोमदत्त कमरे में प्रवेश करता है। पर आगे का दृश्य देखकर किसी का भी दिल दहल जाता।

वहां दो विशाल शेर खडे थे। जो कि जोंबी की तरह लग रहे थे। वो किसी तहखाने के दरवाजे के ऊपर खड़े थे। शायद उनको तहखाने की सुरक्षा के लिए ही खड़ा किया गया था।

 बहुत वीभत्स थे वो शेर। आकार में भी काफी बड़े थे। ऐसा लग रहा था मानो उनके आधे शरीर सढ़ चुके हैं। उनकी आँखे बाहर लटक रही थी। शरीर के कुछ हिस्सों में मांस ही नहीं थे।बल्कि अंदर के कंकाल नजर आ रहें थे। उन्हें देखकर सोमदत्त के शरीर में एक सिहरन सी दौड़ गई

"ऊफ! यह क्या बला है? राजा ने तो अपने खजाने की सुरक्षा के लिए बहुत तगड़ा इंतजाम कर रखा है। अगर इन शेरों ने मुझे छू भी लिया तो, शायद मैं भी इन शेरो की तरह जोंबी बन जाऊंगा। मुझे इनसे बचकर उस कमरे के अंदर प्रवेश करना होगा।"

सोमदत्त उनकी तरफ बढ़ता है। उसे लगता है कि शेर तो काफी पुराने हो चुके हैं। जोंबी भी बन चुके हैं तो इनके अंदर इतनी फुर्ती नहीं होगी। पर जल्द ही उसे अपनी गलती का एहसास हो जाता है। दोनों शेर उस पर झपट

पड़ते हैं। पर सोमदत्त किसी तरह से खुद को बचा लेता है। दोनों शेर फिर से उसकी तरफ पलटते हैं।

"ये तो काफी फुर्तीले हैं। मुझे इन से दूरी बनाकर रखनी होगी। पर यह कैसे संभव होगा?"

तभी सोमदत्त को वहां एक अलमारी नजर आती है। सोमदत्त अपने आप को किसी प्रकार बचाता है। और उस अलमारी पर चढ़ जाता है। पर वह वहाँ ज्यादा देर तक सुरक्षित नहीं रह सकता था। क्योंकि शेरों ने मिलकर पूरे कमरे में तबाही मचा दी थी।

सोमदत्त जानता था कि वो एक साथ दोनों शेर से नहीं लड़ सकता। खासकर जब शेर जोंबी हो तो। इसलिए उसने उन दोनों को अलग करने का सोचा। उसने अलमारी के ऊपर रखे एक पुतले को दूर फेंका, जिससे एक शेर उसकी तरफ भागा और उस पर हमला करने लगा।

मौके का फायदा उठाकर, सोमदत्त नीचे उतरा और सामने दीवार पर लटके हुए चाकू को उठा लिया। तभी अचानक शेर ने उस पर हमला कर दिया। सोमदत्त की चाकू दूर जा गिरी।अब शेर सोमदत्त की छाती पर खड़ा था और उसे अपने नाखून से चीड़ डालना चाहता था। उसके दांत भी काफी बड़े और भयानक थे।

उसके मुंह से लार टपक रही थी। आंखें खून की तरह लाल थी। सोमदत्त में उसके पंजों को पकड़ा हुआ था। जिससे उसका मुंह सोमदत्त की गर्दन तक नहीं पहुंच पा रहा था।

" अब मैं इससे कैसे बचू? यह तो मुझे जिंदा ही खा जाना चाहता है। और अगर मैं इससे ना बच सका तो यह मुझे चीर फाड़ डालेगा।"

शेर काफी ताकतवर था। वह सोमदत्त के ऊपर हमला करता है। सोमदत्त एक तरफ हट जाता है और उसे वो चाकू मिल जाती हैं। जिसे वो शेर की खोपड़ी में घुसा देता है। इस प्रकार एक शेर का काम तमाम हो जाता है। पर अभी भी एक शेर उसी कमरे में था। जो जल्द ही लौटकर के वापस आता है।

"एक का तो काम तमाम हुआ पर यह दूसरे वाला तो कुछ ज्यादा ही भड़का हुआ लग रहा है। फिलहाल यह मुझसे अपने साथी के मौत का बदला लेना चाहता है।"

तभी उस दूसरे वाले शेर के दहाड़ने की आवाज पूरे कमरे में गूंज उठी।

"इस की डरावनी आवाज से तो पूरे शरीर में कपकपी छूट रही है। यह तो पक्का मेरा शिकार करने के मूड में है। ऊपर से मैंने इसके साथी को मार डाला है।"

वह धीरे-धीरे सोमदत्त की तरफ बढ़ रहा था। सोमदत्त भी धीरे-धीरे पीछे की तरफ हट रहा था। पर वह पीछे हटते हटते दीवाल तक आ जाता है और अब पीछे हटने की कोई जगह शेष नहीं बची थी।

" अरे बाप रे! अब तो पीछे हटने की कोई जगह ही नहीं बची है। और यह दरिंदा बिल्कुल मेरे सामने आ चुका है। अगर उसने मुझ पर हमला किया तो मैं कैसे बचूंगा?"

शेर बिल्कुल उसके सामने आकर खड़ा हो चुका था। और किसी भी वक्त उस पर हमला करने वाला था। सोमदत्त इधर उधर देख रहा था।

अचानक शेर सोमदत्त पर हमला कर देता हैं। पर सोमदत्त फुर्ती से एक ओर छलांग लगा देता है। शेर दुबारा उस पर हमला करता है। इस बार सोमदत्त वह चाकू, जिससे उसने पहले वाले शेर को मारा था। उसके खोपड़ी से निकाल लेता है।

और दूसरे शेर के खोपड़ी में घुरा देता है। इस प्रकार दूसरे शेर की यह इहलीला समाप्त हो जाती है।

" आखिरकार इस शैतान का भी अंत हुआ। पता नहीं उस राजा ने कैसे-कैसे शैतानों को अपने खजाने की रक्षा में तैनात करके रखा हुआ है? पता नहीं मैं यहां से जिंदा लौट भी पाऊंगा या नहीं?"

अब सोमदत्त उस तहखाने की तरफ बढ़ता है और उसका दरवाजा खोलता है।

****

तहखाने की तरफ जाने के लिए कुछ सीढ़ियां बनी हुई थी। जिसमें से होकर सोमदत्त नीचे उतरता है। वहां एकदम अंधेरा था। कुछ भी दिखाई नहीं दे रहा था।

" यहां तो काफी अंधेरा है। मुझे सम्हल सम्हल कर चलना होगा। क्योंकि ऊपर जिस तरह के जीवो से मेरा सामना हुआ है। हो सकता है उससे भी ज्यादा खतरनाक जीव यहां मौजूद हो। "

कुछ देर में सोमदत्त को अँधेरे में दिखने लगा था। क्योंकि ये भी उसकी कुछ शक्तियों में से एक था। तभी उसे दिखे बहुत सारे अतृप्त आत्माये। जो उसके चारो तरफ मंडरा रहे थे।

उनमें से एक आत्मा ने अपने गोल-गोल आंखों से घूरते हुए देखा और बोला

"अरे भिड़ु ये तो लगता है कोई मवाली!!

अपुन करेगा इसका खोपड़ी खाली!!"

तभी दूसरी आत्मा जिसके लंबे लंबे कान और लंबे लंबे दांत थे। उसने लालच से देखते हुए कहा

"नहीं!!अपुन करेगा इसको किल!!

फिर खायेगा इसका टेस्टी दिल!!"

तीसरी आत्मा भी कहां शांत रहने वाली थी। उसने हवा में घूमते हुए कहा

"नो!! इसको मेरे को देखकर आता फीवर!!

अपुन खायेगा इसका टेस्टी लिवर!!"

सोमदत्त ने उन्हें की भाषा में उन्हें जवाब दिया

"ओये!! शैतानो की आत्मा!!

आज मैं करूँगा तुम सबका खात्मा!!"

उन शैतान आत्माओ ने सोमदत्त पर एक साथ हमला कर दिया था। वह अपने बड़े बड़े नाखून और दांत उसके शरीर में गड़ाना चाहते थे। पर सोमदत्त का सामना इस तरह के प्रेतो से कई बार हो चुका था। वो योग की मुद्रा मे बैठ जाता है।

कुछ ही समय में उसके शरीर से रौशनी की एक चमक चारो तरफ फैलने लगती है और उस प्रकाश से दुष्ट आत्माये विलुप्त होने लगती हैं।

अब उन आत्माओं का हाल बुरा हो चुका था। उन्होंने चिल्लाते हुए कहा

"हाय!!बिना कुछ खाये पिए मैं शहीद हो गई।"

दूसरी आत्मा ने छटपटाते हुए कहा

" मार डाला अल्लाह!!मार डाला!"

तीसरी आत्मा जो अब गायब हो रही थी। उसने रोते हुए कहा

"वतन!! सॉरी! ख़ून के नाम मै शहीद हो गया।"

सभी दुष्ट आत्माये अब समाप्त हो चुके थे।

" बड़े ही अजीब अजीब तरह के रक्षक छुपा रखे हैं। इस राजा ने। और ये आत्माये भी पुरी नौटंकी थी। वैसे इन्हें खत्म करके मुझे अच्छा नहीं लगा। सॉरी! आत्माओं मुझे माफ करना।"

वो कुछ कदम आगे बढ़ता हैं। सामने एक बड़ा सा दरवाज़ा था। जिसकी रक्षा कर रहे थे दर्ज़न भर सिपाही।

जिनका आधा शरीर इंसान और आधा भेड़िये का था। इंसानी शरीर भी इंसानी ना होकर ज़ोम्बी था। उनके हाथो मे तलवार थी। वो पक्का उसी ख़ज़ाने की रक्षा कर रहे थे और शायद दरवाज़े की दूसरी तरफ था राजा का खज़ाना।

"हो ना हो उस दरवाजे के पीछे ही वह खजाना होगा। तभी यहां की सिक्योरिटी इतनी टाइट है। बस किसी तरह इन्हें खत्म कर सकूं तो, शायद मैं खजाने के पास पहुंच जाऊंगा। पर इन्हे खत्म कैसे करूं? इनकी संख्या तो काफी ज्यादा है। यह देखने में भी कितने भयानक है। पता नहीं इनके पास कैसी शक्तियां होंगी?"

उन ख़तरनाक सैनिको से निहत्ते लड़ना बेवकूफी थी। इसलिए सोमदत्त ने आखिरकार अपने चमत्कारी तलवार का आह्वाहन किया। पर वो उसके हाथ में प्रकट नहीं हुआ। पर क्यों?

सोमदत्त चौंक उठा था।

" अरे! यह क्या हो रहा है? मेरी तलवार बुलाने पर भी क्यों नहीं आ रही है? ऐसा तो पहले कभी नहीं हुआ?"

तभी उन दरिंदो ने उसे देख लिया और उस पर हमला करने दौड़े। कोई ज़मीन से आ रहा तो कोई दीवारों पर से। उन्होंने एक साथ ही सोम पर हमला कर दिया था। वो

काफी फुर्तीले थे। और संख्या में ज्यादा होने के कारण सोमदत्त के लिए उनका मुकाबला करना मुश्किल हो रहा था। उसके पास उसकी तलवार भी नहीं थी।

पर सोमदत्त अपनी फुर्ती का शानदार नजारा दिखाते हुए, किसी तरह उनसे बच रहा था।

" मुझे किसी भी तरह इनसे बचते रहना होगा। अगर मैं इन लोगों के हाथ में आ गया तो, ये मुझे चीर फाड़ डालेंगे।"

पर तभी एक शैतान उस पर तलवार से हमला कर देता है।वह उसका वार रोके भी तो कैसे??

उसने एक ओर छलांग लगा दी थी। पर तभी दूसरी ओर से दूसरे सैनिक ने हमला कर दिया। सोमदत्त फिर से बच गया।

"ऊफ! इस तरह से मैं कब तक इन शैतानो से बचता रहूंगा। मुझे कुछ ना कुछ हल निकालना ही होगा पर यहाँ तो कुछ भी ऐसा नजर नहीं आ रहा जिससे मै इन शैतानो का सामना कर सकूँ।"

इतने सारे दरिंदों से मुकाबला करना आसान नहीं हो रहा था। वो लोग उस पर हावी हो रहे थे। पर इस बार जब एक सैनिक ने उस पर हमला किया तो सोमदत्त ने उसकी

तलवार छीन ली थी।अब वह निहत्था नहीं था। अब टक्कर बराबरी की होने वाली थी।

एक-एक कर सैनिकों के धर उनके के सर से जुदा होने लगे। कुछ ही समय में सारे सैनिक मारे गए। पर एक सैनिक अभी भी जिंदा था और वो काफी चालाक भी लग रहा था। इसलिए सोमदत्त के सारे वारों से वह बच रहा था। शायद वह उनका लीडर था। अचानक से उसका शरीर बड़ा होने लगा और उसके रूप में भी परिवर्तन होने लगा।

अब वह एक बड़ा चमगादड़ बन चुका था। जो सोमदत्त पर अपने अल्ट्रा साउंड से हमला कर रहा था। उसकी चित्कार काफी भयानक थी। सोमदत्त ने दोनों कान अपने हाथों से बंद कर लिए थे।

"ऊफ! यह भयानक आवाज तो मेरे कान के पर्दे फाड़ डालेंगे। और इस आवाज के कारण मैं उस शैतान का सामना नहीं कर पा रहा हूं। इस आवाज़ को किसी तरह रोकना होगा वरना यह मुझ पर हावी हो जायेगा।"

उस अल्ट्रासाउंड से सोमदत्त का दिमाग सुन्न पड़ने लगा था। उस पर बेहोशी छाने लगी थी। वह मूर्छित होने लगा था। कि अचानक उसने एक ऊँची छलांग लगाई और उसकी तलवार चमगादड़ के सर के आर-पार हो गई।

" आखिरकार इस शैतान का भी अंत हुआ। अब मुझे उस दरवाज़े के पार देखना चाहिए। हो ना हो जरूर राजा का खजाना उस पार ही होगा। "

अब सोमदत्त उस बड़े दरवाजे के सामने खड़ा था। उसने दरवाजा खोला और सामने था राजा राजमोहन का विशाल खजाना।

****

सोमदत्त अपने शरीर की सारी ताकत लगाकर वह विशाल दरवाजे को खोलता है। दरवाजा एक भयानक आवाज के साथ खुल जाता है। जब सोमदत्त सामने देखता है तो चौंक उठता है।

क्योंकि वहां रखा था ढेर सारा खजाना। चमचमाती अशरफिया, हीरे-मोती,गहने और भी बहुत कुछ। जिसे देखकर सोमदत्त की आंखें चौंधीया जाती है। पर उस खजाने के ऊपर एक विशाल कंकाल बैठा था। उसके हाथ में एक विशाल तलवार थी। उस विशाल कंकाल को देखकर सोमदत्त का पूरा शरीर सिहर उठा था।

"हे भगवान!! ये क्या बला है? इतना विशाल कंकाल मैंने आज तक नहीं देखा। तो यही इस खजाने का अंतिम रक्षक है। और अगर मुझे इस चक्रव्यू से निकलना है तो मुझे

शैतान का खात्मा करना ही होगा। पर सवाल यह है कि इतने विशाल शैतान का सामना होगा कैसे?"

कंकाल जो कि सोमदत्त को घूरे जा रहा था। उसने खजाने में बैठे-बैठे ही कहा

"हे मानव!! तू यहा क्या कर रहा है? यह राजा राजमोहन का खजाना है। इसे कोई हाथ नहीं लगा सकता। चल भाग जा यहां से। वरना अपनी मौत के लिए तैयार हो जा। मैं सदियों से इस खजाने की रक्षा कर रहा हूं।"

सोमदत्त तन कर उसके सामने खड़ा हो चुका था। उसने दोनों हाथ कमर में रखे हुए थे। और अपनी दमदार आवाज में बोला

"मुझे इस ख़ज़ाने का कोई लालच नहीं है। मुझे बस इस चक्रव्यूह को तोड़ना है। जिसमें मैं फस गया हूं और यह शायद तब टूटेगा। जब मैं तुझे मार दूंगा। इसलिए तेरी भलाई इसी में है कि तू खुद इस खजाने को मेरे हवाले कर दे।"

यह सुनकर कंकाल हंसने लगा। फिर उसने अपनी डरावनी आवाज में कहा

"क्यों अपनी मौत को बुला रहा है मानव! मैं वर्षों से इस खजाने की रखवाली कर रहा हूं और आज तक कोई इसे छू

भी नहीं पाया। मैं तुझे अंतिम चेतावनी दे रहा हूं। चला जा यहां से। जा मैं तेरी जान बक्शता हूं।"

सोमदत्त ने उसे उसकी ही भाषा में जवाब दिया

"मैं यहां जाने के लिए नहीं आया हूं। मुझे सिर्फ इस चक्रव्यूह को तोड़ना है। तो आ जा शैतान आमने सामने। देख लेते हैं किसमें कितना दम है। आज या तो तू नहीं रहेगा या फिर मैं।"

यह सुनकर कंकाल गुस्से से तिलमिला उठता है। वह उठ खड़ा होता है और अपनी तलवार से सोमदत्त पर हमला कर देता है। पर सोमदत्त एक तरफ छलांग लगाकर अपनी जान बचाता है। पर वह विशाल तलवार उन बेसकीमती ख़ज़ाने से जा टकराता है। और पुरा कमरा छन्न की आवाज़ से गूंज उठती है। सोमदत्त अब सम्हल चुका था।

" मुझे इसके इस विशाल तलवार से बचना होगा। वरना अगर यह मुझे छू भी गया तो मेरे दो टुकड़े हो जाएंगे। पर मैं बचू कैसे? यह कंकाल तो काफी फुर्तीला लगता है। यह कितनी तेजी से मुझ पर वार कर रहा है। एक कंकाल में इतनी फुर्ती होगी मैं सोच भी नहीं सकता था।"

कंकाल उस पर फिर से हमला करता है। वह फिर से बच जाता है। कई बार कोशिश करने के बावजूद कंकाल सोमदत्त को नहीं मार पाता तो थक कर बैठ जाता है।

" अब मैं एक बूढ़ा और कमजोर कंकाल हो चुका हूं। मैं ज्यादा देर तक तुझ से नहीं लड़ सकता। सदियों से इस खजाने की रक्षा कर रहा हूं। आज तक मैं मुक्त नहीं हो पाया। अब मैं थक चुका हूं। फिर भी मालिक राजमोहन का आदेश मानना मेरी मजबूरी है। उन्होंने मुझे आदेश दिया था कि मैं किसी भी हालत में इस खजाने की रक्षा करूंगा और तब से आज तक मैं लगातार इस खजाने की रक्षा किये जा रहा हूं।"

सोमदत्त कुछ देर तक सोचता है। फिर अपने गंभीर आवाज में बोलता है।

"अगर तुम इससे मुक्त होना चाहते हो तो, अपनी मर्जी से मुझे खजाने की कोई भी एक चीज दे दो। शायद इससे यह चक्रव्यूह टूट जाएगा और तुम इससे मुक्त हो जाओगे। "

"तुम बोल तो ठीक रहे हो। पर मैं ऐसा नहीं कर सकता। यह मेरे स्वामी भक्ति के सिद्धांतों के खिलाफ होगा। आज या तो तुम मुझे मार कर यह खजाना प्राप्त करोगे या तुम खुद मरोगे। शायद आज तुम्हारे और मेरे किस्मत का यही फैसला होने वाला है।"

कंकाल फिर से खड़ा हो जाता है। वह सोमदत्त पर हमला करने लगता है। इस बार उसकी तलवार का वार सोमदत्त को छूकर निकल जाता है। जिससे सोमदत्त सीधे खजाने पर जा गिरता है और जैसे ही वह खजाने मे से एक अंगूठी उठाता है।

खजाना धीरे-धीरे गायब होने लगता है और कंकाल भी गायब होने लगता है। सब कुछ हवा में मिल जाता है। इतना विशाल खजाना अचानक से कहा चला गया?

सोमदत्त ने राहत की साँस ली थी।

"आखिरकार इस चक्रव्यूह और शैतान दोनों का ही अंत हुआ। पर जो भी हो यह अपने स्वामी का सच्चा भक्त था। इसने मरते दम तक अपने स्वामी की आज्ञा का पालन किया। जरूर इसे मुक्ति मिल गई होगी। पर अब क्या होने वाला है?"

पर अगले ही पल सोमदत्त का शरीर भी धीरे-धीरे गायब होने लगा था। जल्द ही सोमदत्त अपनी दुनिया में वापस आ गया था और उसके हाथ में थी वो नॉवेल। जिसे वह पढ़ रहा था। उसे दो मिनट के लिए लगता है,जैसे वो कोई सपना देख रहा था। पर जब वो अपने जेब में हाथ डालता है,तो उसे वही अंगूठी मिलती है।

जिसे उसने उस ख़ज़ाने में से तब उठाया। जब उस कंकाल की तलवार उसको छूकर निकल गई थी और वो सीधे ख़ज़ाने पर जा गिरा था।यह देखकर सोमदत्त सोचने लगता है

"तो ये कोई सपना नहीं था। वहां जो कुछ भी हुआ, सब हकीकत था। यानी अगर इस नॉवेल में लिखी सभी कहानियों को पढ़ा जाए तो इस नॉवेल के चक्रव्यूह को तोड़ा जा सकता है। तभी इसके पीछे के रहस्य को भी जाना जा सकता है। मुझे यह करना ही होगा। ताकि दोबारा किसी मासूम की जान ना जाए।"

सोमदत्त दोबारा उस नॉवेल को खोलता है और अगली स्टोरी को पढ़ना शुरू करता है स्टोरी का नाम था मुर्दों का शहर!!

****

एक ऐसा शहर जहाँ बसते है सिर्फ मुर्दे!! जो इंसानी मांस बड़े चाव से खाते थे। खासकर इंसानी दिमाग़ और दिल। इनके अंदर कोई भावना शेष नहीं है। बस इंसान इनके लिए एक भोजन मात्र है।

यहाँ अब इंसानों का नामो निशान लगभग मिट गया था। जो कुछ लोग बचे थे। वो छुपकर रहते थे। ताकि दरिंदे उनका शिकार ना कर ले।

ये दरिंदे शुरू से यहा नहीं थे। ये शहर पहले काफी खुशहाल हुआ करता था। लोग हँसी-खुशी यहाँ रहते थे। पर किसी के बेवकूफी से एक ऐसा द्वार खुल गया था। जिससे शैतानी आत्माओ का उस शहर में आना शुरू हो गया था। जो इंसानी शरीर पर कब्ज़ा करने लगे और धीरे-धीरे उस शहर पर शैतानो का कब्ज़ा होने लगा। यह शैतान जिंदा इंसानों का मांस खाते और लगातार जिंदा इंसानों को मार रहे थे। अब उस द्वार को जब तक बंद नहीं किया जायेगा। तब तक इन शैतानो का तांडव नहीं रुकेगा। पर कौन करेगा ये???

****

सोंमदत्त अब उस कहानी के भीतर था। वो एक ट्रेन से उतरता है। पर प्लेटफार्म एक दम सुनसान था। ट्रेन चली जाती है। सोमदत्त एक दम अकेला उस स्टेशन पर खड़ा था। ना कोई टी.टी. ना ही कोई स्टाफ और ना ही कोई पैसेंजर।

" यह कैसा स्टेशन है? यहां तो कोई भी नहीं है? और इस ट्रेन से कोई भी पैसेंजर नहीं उतरा है, मेरे अलावा। क्या सच में मैं मुर्दों के शहर पहुंच चुका हूं। यानी बहुत जल्द मेरा सामना उनसे होने वाला है। पर पहले मुझे यहां से निकलना होगा।"

वह स्टेशन के बाहर निकलता है। यहाँ भी कोई नहीं था। बस चारो तरफ सन्नाटा पसरा हुआ था। रात का समय होने के कारण वह जगह और भी वीरान लग रही थी। वहाँ किसी की बाइक खड़ी थी। जिसे लेकर सोमदत्त आगे शहर की तरफ बढ़ता है।

"यहां सड़क पर भी कोई नहीं है? पूरा इलाका वीरान पड़ा हुआ है। क्या उन मुर्दों ने सभी इंसानों को मार डाला है। अभी तो फिलहाल मुझे समझ नहीं आ रहा है कि मुझे जाना कहां है? बस आगे बढ़ते जाता हूं। देखता हूं, कहां पहुंचता हूं? "

रास्ते में जोरो की बारीश हो रही थी। इसलिए वह एक सुनसान मकान में शरण लेता है। उस मकान में शायद कोई रहता नहीं था। रात गुजारने के लिए ठीक जगह थी।

" यह मकान रात गुजारने के लिए ठीक लग रही है। रात भर यही आराम करता हूं। सुबह आगे बढ़ूंगा। काफी थकावट भी हो रही है।"

सोमदत्त सफ़र से काफी थक गया था। इसलिए जल्द ही उसे नींद आ जाती है और वो गहरी नींद में सो जाता है। अचानक रात को उसकी नींद खुल जाती है। क्योंकि बगल वाले कमरे से कुछ अजीब आवाज़े आ रही थी।

सोमदत्त हड़बड़ा कर उठ बैठता है। और अपनी आंखें
मलते हुए सोचता है

" मुझे ऐसा लग रहा है कि बगल वाले कमरे से कोई
आवाज आ रही है। क्या वहाँ कोई है? मुझे जाकर एक
बार देखना चाहिए। क्या पता कोई जिंदा इंसान मिल
जाए। अगर ऐसा होता है तो मुझे बहुत बड़ी मदद मिल
जाएगी।"

सोमदत्त उस कमरे का दरवाज़ा थोड़ा सा खोलकर देखता
है,तो उसकी सारी उम्मीद फ़ाक़ा हो जाती है। वहाँ एक
घोड़ा मरा पड़ा था। जिसके अंतड़ियों को एक इंसान
जिसका आधा शरीर जानवरो जैसा था, बड़े चाव से चबा
रहा था। लाल आँखे लाल थी। लम्बे नाख़ून, लम्बे दाँत।
बिलकुल हैवान लग रहा। उसका मुंह रक्त से सना हुआ
था।

"ऊफ! यह तो कोई शैतान है। तो यह है मर्दों का शहर।
मुझे उसकी नजर में नहीं आना चाहिए। वरना वह मुझ
पर भी हमला कर सकता है।"

ये दृश्य देखकर किसी की भी कँपकपी छूट जाती। सच में
बहुत ही विचलित करने वाला दृश्य था। सोमदत्त ने धीरे
से बिना आवाज़ किये दरवाज़े को बंद किया और वापस
अपनी जगह पर आ गया।

वह जानता था। इस समय उससे उलझना सही नहीं है।
शायद ये घर उस दरिंदे का ही था। पर उस बेचारे का भी
क्या दोष,उसके शरीर पर अभी किसी दुष्ट पिशाच का
अधिकार था।

सोमदत्त वापस आकर उसी जगह पर बैठ जाता है। जहां
कुछ देर पहले आराम कर रहा था। उस अंधेरे में वहाँ से
निकलना मूर्खता होती। इसलिए उसने वही आराम करने
की सोची।

रात भर वो दरिंदा उस घोड़े को खाता रहा। जल्द ही
सुबह हो गई। वो दरिंदा किसी दूसरे शिकार की तलाश में
निकल चुका था। तो सोमदत्त वहाँ से निकल लेता है। अब
ये जरुरी था, कि सोमदत्त किसी की नज़र में ना आये और
जल्द से जल्द उस जगह पर पहुंचे। जहाँ वो शैतानी द्वार
बन गया था।

ताकि उसे बंद कर लोगो को शैतान के चुंगल से मुक्त किया
जा सके। पर प्रश्न ये था कि वो द्वार आखिर है कहाँ? और
उसे बंद कैसे किया जाये? तभी सोमदत्त को दूर एक जगह
कुछ गिद्ध उड़ते नज़र आये।

" वहां कुछ गिद्ध उड़ते हुए नजर आ रहे हैं। शायद वहां
कोई इंसान मौजूद हो। मुझे वहां चलकर देखना चाहिए।"

सोमदत्त की बाइक उस ओर बढ़ चली थी। एक उम्मीद लिए, पर वहाँ का दृश्य देखकर सारी उम्मीद जाती रही। उसने देखा, चारो तरफ सिर्फ लाशें ही लाशें थी। उन लाशो को कुत्ते नोच-नोच कर खा रहे थे। किसी कुत्ते के मुँह में किसी का हाथ तो किसी के मुँह में सिर।

" कितना भयानक और घिनौना दृश्य है। सच में उन शैतानों ने इस खूबसूरत शहर का क्या हाल बना रखा है? चारों तरफ इंसानों की लाशें पड़ी हुई है। इन लाशो को देखकर तो साफ साफ पता चल रहा है कि यहां कोई भी जिंदा इंसान मौजूद नहीं होगा। मुझे आगे बढ़ना चाहिए।"

कितना भयानक दृश्य था वह। एक पल के लिए तो सोमदत्त भी सिहर उठा था। ऐसा भयानक नज़ारा शायद ही उसने कभी देखा था। वो ये सब देख ही रहा था की तभी??

****

ज़िंदा लोगो की वहाँ ऐसी हालत थी, कि वो मौत से भी बदतर थी। अगर आप किसी मुर्दें के हत्ते चढ़ गए तो सबसे पहले वो खायेगा आपका दिमाग़, फिर दिल, फिर अतरिया!! फिर चील-कौए भी शायद आपको खाने से कतराएंगे!

सोमदत्त वहाँ पड़े लाशो को देख रहा था। कि किसी ने उसके कंधे पर हाथ रखा। सोमदत्त ने पीछे मुड़ कर देखा, तो वहाँ एक खूबसूरत सी लड़की खड़ी थी। उस लड़की ने सोमदत्त का हाथ पकड़ा और उसे चुप रहने का इशारा किया। फिर उसे अपने साथ एक वीरान से पड़े मॉल में ले गई।

वह लड़की देखने में काफी खूबसूरत थी। उम्र करीब 24 साल होगी। बड़ी-बड़ी कजरारी आंखें, दूध की तरह उजला रंग, कंधे तक आते काले घने बाल। उसने ऊंची पोनीटेल कर रखी थी और डेनिम पिंक शर्ट और ब्लू कलर की जींस पहन रखी थी।

उस मॉल शायद कोई नहीं था। फिर उसने धीरे से कहा

"तुम कौन हो और यहाँ क्या कर रहे हो? "

सोमदत्त जो उसे एक टक देख रहा था। उसने अपना गला साफ किया। फिर आश्चर्यचकित होकर कहा

"मेरा नाम सोमदत्त है। पर तुम कौन हो? और तुम अभी तक उन शैतानों से कैसे बची हुई हो?"

वैसे उसने मन में कहा था।

"वाओ! क्या बला की खूबसूरत है।"

उस लड़की ने सोमदत्त की आंखों में झांकते हुए, फुसफुसाते हुए कहा

"मेरा नाम लक्ष्मी है। तुम कहाँ से आये हो? और ज़िंदा यहाँ तक कैसे पहुंचे?"

सोमदत्त उसकी गर्म सांसे अपने चेहरे पर महसूस कर पा रहा था। वह लड़की एकदम उसके करीब बैठी हुई थी।

सोमदत्त फुसफुसाया

"मैं दूसरे शहर से आया हूँ। और बचते-बचाते यहाँ तक पहुँचा हूँ। पर मुझे आश्चर्य हो रहा है कि तुम मुझे पहली जिंदा इंसान मिली हो यहां। वैसे इस शहर की ये हालत कैसे हुई?"

लक्ष्मी काफी डरी हुई लग रही थी। उसने बाहर की तरफ झांका फिर डरते हुए बोली

"मैं तुम्हे सब कुछ बताउंगी। पर यह जगह सेफ नहीं है। चलो यहाँ एक छीपा हुआ गोदाम है। वहाँ चलते है। वहाँ कोई नहीं आ पायेगा।"

फिर दोनों उसी मॉल में बने एक गोदाम में चले जाते है। वहाँ सिर्फ वो दोनों ही थे।

लक्ष्मी ने एक गहरी सांस ली और बोली

"यहाँ कोई खतरा नहीं है। चलो मैं तुम्हे पुरी कहानी शुरू से बताती हुँ। ये शहर एक समय सबसे खुशहाल और सुन्दर शहर हुआ करता था। यहाँ लोग बहुत खुश हुआ करते थे। मैं इसी मॉल में काम करती थी। मेरे माता-पिता पिछले साल एक कार दुर्घटना में चल बसें थे। मेरे ऊपर दुखो का पहाड़ टूट पड़ा था। तब मज़बूरी में मुझे इस मॉल में काम करना पड़ा।"

" ओह! यह सुनकर काफी बुरा लगा। आई एम सॉरी फॉर हिम!"

"हां मैं ही बहुत दुखी थी। पर धीरे-धीरे मुझे यहाँ काम करना अच्छा लगने लगा। क्योंकि यहाँ काम ज्यादा नहीं था और सैलेरी भी अच्छी थी। सब कुछ अच्छा चल रहा था। कि एक दिन हमारे शहर में आया एक दुष्ट तांत्रिक!! जो अपने आप को अमर बनाने के लिए इसी शहर में स्तिथ,एक खंडहर में अपनी काली शक्तियों को जगाने लगा और एक दिन उसने अपनी काली शक्तियों द्वारा एक ऐसा दरवाज़ा खोल दिया। जो हमारी दुनिया को आत्माओ के दुनिया से जोड़ता था। आत्माओ या हमारी दुनिया में प्रवेश हो गया। उन आत्माओ ने अपना पहला शिकार उस तांत्रिक को ही बनाया।"

सोमदत्त जो अब तक काफी ध्यान से सब कुछ सुन रहा था। यह सुनकर उसकी आंखें गुस्से से लाल हो चुकी थी।

"उस तरह के शैतान के साथ यही होना चाहिए था। उसके साथ जो भी हुआ बहुत अच्छा हुआ।"

लक्ष्मी आगे बताने लगी

"धीरे-धीरे वो आत्माये पुरे शहर में फैलने लगी। वो कमज़ोर लोगो के शरीर को अपना घर बनाने लगी और जो उनके बस में नहीं आता, उसको मार कर खा जाती। शुरू में ये सब उतना ज्यादा नहीं था। पर दो माह पहले एक आमावश्या जो कि इस सदी की सबसे बड़ी और विशेष अमावश थी। उसी दिन अचानक से इनका आतंक बढ़ गया।"

" हां! अमावस्या की रात का शैतानों पर विशेष असर पड़ता है और उन्हें कई शक्तियां हासिल होती हैं। इसलिए वे काफी शक्तिशाली हो जाती है। फिर क्या हुआ बताओ!"

"मुझे याद है उस दिन हमारे मॉल में काफी भीड़ थी। छुट्टी का दिन था। ज़िंगल बेल सांग प्ले हो रहा था। बच्चे गेम खेल रहे थे और पेरेंट्स भी फ़ूड जोन मे एन्जॉय कर रहे थे। सभी शोज हाउसफुल थे। कितना सुकून भरा दिन था। मैं उस समय इसी गोदाम मे अपने रेस्टॉरेंट के लिए सामान लेने आयी थी, कि अचानक वो सुकून, शोर मे बदल गया। मॉल में शैतानी आत्माये घुस आयी थी। यहाँ

कुछ ही पलो मे लोग दरिंदो मे बदलने लगे और जो दरिंदे नहीं बन पाए, उन्हें मार कर खा लिया गया।"

" पर तुम उन शैतानों से कैसे बच गई लक्ष्मी?"

यह कहानी सुनाते हुए लक्ष्मी की आंखें आंसू से गिली हो चुकी थी। काफी दर्द नजर आ रहा था, उन आंखों में।

"मैं दौड़कर ऊपर गई तो ऊपर का सारा नज़ारा बदल चुका था। चारो तरफ बस लाशें ही लाशें नजर आ रहीं थी। उनको चबाने वाले उनके ही रिश्तेदार थे। अब गेम जोन सुनसान हो चुका था। फूड जोन मे लोग ही फूड बन चुके थे। हाँ ज़िंगल बेल अब भी बज रहा था। वो नज़ारा देख कर मैं हिल गई थी। मैं अपने जगह पर जड़ हो चुकी थी। फिर धीरे-धीरे सब शांत हो गया। वो आत्माये अपनी भूख मिटा कर जा चुकी थी। बस बची थी तो ढेर सारी लाशें। जिन्हे आवारा कुत्ते खिंच कर बाहर ले जा रहे थे।"

फिर लक्ष्मी रोने लगती है। सोम उसे संतावना देता है और चुप कराता है। सोम के आँखों मे खून उतर आया था।

" तुम शांत हो जाओ लक्ष्मी! मैं जल्दी ही उन शैतानों को समाप्त कर दूंगा। मैं यहां उसी काम के लिए ही आया हूं।"

लक्ष्मी ने अपने आंसु पोछे। और सोम के आंखों में झांकते हुए बोली

" क्या तुम सच में उन शैतानों को मार सकते हो? अगर तुम ऐसा कर सके तो मैं जिंदगी भर तुम्हारा यह एहसान नहीं भूलूंगी। "

सोमदत्त मन ही मन सोच रहा था

" तुम चिंता मत करो लक्ष्मी! मैं तुम्हारा बदला उन शैतानों से जरूर लूंगा। और यह मेरा तुमसे वादा है।"

इधर लक्ष्मी सोच रही थी

" सोमदत्त तो देखने में काफी हैंडसम लगता है। काश तुम पहले आ जाते सोमदत्त। तो शायद हमारे शहर की ऐसी दुर्दशा नहीं होती। पर अब भी देर नहीं हुई है। वैसे भी अब तो मैं तुम्हारा पीछा नहीं छोड़ने वाली हूं।"

सोमदत्त चाहता तो उन शैतानी आत्माओ का खात्मा कर सकता था। पर सबसे पहले उस गेट को बंद करना जरुरी था। वरना वो आत्माये तो आती ही रहेंगी। सोम अब समझ चुका था। उसे क्या करना है।

****

सोमदत्त ने बहुत ध्यान पूर्वक लक्ष्मी की सारी बातें सुनी थी। बहुत देर तक शांत रहने के बाद उसने गहरी सांस ली और लक्ष्मी की तरफ देखते हुए बोला

"हमें किसी भी तरह उस खंडहर तक पहुंचना पड़ेगा। ताकि उस गेट को बंद किया जा सके। क्या तुम उस खंडहर के बारे में जानती हो? वो कहां पर स्थित है? क्योकि उस शैतानी द्वारा को बंद करके ही इस तबाही को रोका जा सकता है।"

लक्ष्मी ने मुस्कुराकर जवाब दिया

"हां! मैं जानती हूं। वह जगह यहां से 10 किलोमीटर की दूरी पर स्थित है। पर वहां तक पहुंचना बहुत मुश्किल है। क्योंकि रास्ते पर बहुत सारे मुर्दे घूम रहे हैं। और अगर उन्होंने हमें देख लिया तो हमें भी मुर्दा बना देंगे। पर हम वहां तक पहुंचेंगे कैसे?"

"पर हमें किसी भी प्रकार से वहां तक पहुंचना ही होगा। क्या तुम्हें उनकी कोई कमजोरी पता है?"

"हां!! वह मुर्दे ज्यादातर रात को ही शिकार पर निकलते हैं। दिन में शांत रहते हैं। क्योंकि सूर्य की रोशनी उनके शरीर को जला डालती है। तो अगर हम किसी प्रकार उन से बचते हुए दिन में जाएं। तो शायद हम वहां तक पहुंच

जाएंगे। पर यह एक जुए के समान है। अगर लग गया तो लॉटरी। वरना मुर्दों के शहर में दो मुर्दे और बढ़ जाएंगे। "

लक्ष्मी की बातें सुनकर सोमदत्त हंसने लगता है। फिर अचानक से गंभीर होकर बोलता है

"हमें इतना रिस्क तो उठाना ही पड़ेगा। अभी शाम हो चुकी है। इसलिए सुबह तक का इंतजार करते है। उसके बाद ही हम लोग यहां से निकलेंगे। तब तक हमें यहीं आराम करना होगा।"

लक्ष्मी ने सोमदत्त की आंखों में झांकते हुए कहा

" हां सोम! तुम्हारा कहना बिल्कुल सही है। हमें सुबह ही निकलना होगा।"

वह मन में सोच रहीं थी।

"काश! हमेशा ऐसे ही तुम्हारे साथ रह सकूँ।"

दोनों उसी गोदाम में छिपे हुए थे और सुबह का इंतजार कर रहे होते हैं। पर तभी सोमदत्त को जोरों की भूख लगती है। क्योंकि 2 दिनों से उसने कुछ भी नहीं खाया था।

" लक्ष्मी तुमसे एक बात कहूं।"

यह सुनकर लक्ष्मी के दिल की धड़कन अचानक से बढ़ चुकी थी। कि अचानक से सोमदत्त उसे क्या कहना चाहता है? उसका चेहरा गुलाबी से लाल हो चुका था। पर सोम ने जो कहा उसे सुनकर लक्ष्मी कि सारी उम्मीदें पानी पानी हो गई।

"लक्ष्मी !! क्या यहां कुछ खाने की व्यवस्था है? मुझे जोरों की भूख लगी है। मैंने पिछले 2 दिनों से कुछ भी नहीं खाया है। बस लगातार चले ही जा रहा हूं। इस मुर्दों की दुनिया में।"

यह सुनकर लक्ष्मी को गुस्सा आ जाता है और वह मन में सोचती है

" कितना बेवकूफ इंसान है। सामने इतनी खूबसूरत सी लड़की इसके बगल में बैठी हुई है। और इसे खाने पीने की सूझ रही है। थोड़ा सा रोमांटिक बातें नहीं कर सकता था क्या? हुँह!"

सोमदत्त भी उसके मन की स्थिति को समझ रहा था और मन ही मन मुस्कुरा रहा था। तभी लक्ष्मी ने कहा

"क्यों नहीं!! इस गोदाम में खाने की बहुत सारी चीजें हैं। क्योंकि मैं फूड कोर्ट मे ही काम करती थी और सारा सामान यही रखा जाता था।"

लक्ष्मी कुछ खाने की चीजे फ्रिज़र में से निकालती है। जिसे दोनों खाकर सो जाते है। रात को अचानक से सोमदत्त को एहसास होता है कि किसी ने उसके सीने पर सर रखा हुआ है। वह अपनी आंखें खोलता है तो, देखता है कि लक्ष्मी उसके सीने में सर रखकर सो रही थी।

लक्ष्मी का वह खूबसूरत चेहरा सोते हुए और भी खूबसूरत लग रहा था। उसकी गर्म सांसे सोमदत्त के सीने को तपा रही थी। सोमदत्त ने उसके रेशमी जुल्फें पर हाथ फेरा। तो लक्ष्मी ने सोते हुए ही उसके हाथ को पकड़ लिया था।

सोमदत्त लक्ष्मी के खूबसूरत चेहरे को देख रहा था।

"सच में लक्ष्मी कितनी खूबसूरत है। पता नहीं मेरा दिल अपने आप ही इस पर आकर्षित हो रहा है। "

सोम का चेहरा भी गुलाबी हो रहा था। कि तभी उसे कुछ आवाजें सुनाई देती है। मानो कोई उस गोदाम का दरवाजा जोर-जोर से पीट रहा हो। लक्ष्मी की नींद भी टूट जाती हैं। वह हड़बड़ा कर खुद बैठती है।

" सोम! वे शैतान यहां आ चुके हैं। शायद उन्हें हमारे यहां छिपे होने का पता चल चुका है।"

आवाजे और भी तेज हो रही थी। ऐसा लग रहा था। जल्द ही वह दरवाजा टूट जाएगा। सोमदत्त में लक्ष्मी की आंखों में देखते हुए कहा

"क्या यहां से निकलने का कोई दूसरा रास्ता है?"

"हां!! है पीछे की तरफ एक रास्ता और भी है।"

" तो हमें तुरंत यहां से निकलना होगा। चलो!!"

दोनों पीछे के रास्ते से बाहर निकल जाते हैं। और उस दरवाजे को बंद कर देते हैं। बाहर एकदम सुनसान था। पास में ही एक बाइक खड़ी थी। जिसे लेकर दोनों वहां से निकल जाते हैं। लक्ष्मी ने सोम को कस कर पकड़ा हुआ था।

वह लोग कुछ ही दूर पहुंचते हैं। कि तभी वहां उन्हें बहुत सारे शैतानी मुर्दे दिखाई देते हैं। जो अपने शिकार की तलाश में निकले थे। अचानक उन शैतानों ने भी उन दोनों को देख लिया था। वो दौड़ कर उनकी तरफ आते हैं और उन्हें चारों तरफ से घेर लेते हैं।

यह देखकर लक्ष्मी काफी डर जाती है और वह कापते हुए स्वर में कहती है

"हे! भगवान!! हम लोग तो फंस गए। अब हम लोग भी इनके निवाला बन जाएंगे। इतनी कम उम्र में मैं मरना

नहीं चाहती। मैंने तो अभी दुनियाँ भी नहीं देखी है। मेरी तो शादी भी नहीं हुई। सोम तुम कुछ करते क्यों नहीं? क्या हम यूं ही इनके हाथों मारे जाएंगे और खा लिए जाएंगे?"

लक्ष्मी ने यह सब एक ही साँस में कह दिया था।

सोम ने अपना हाथ उसके मुँह पर रखते हुए कहा

"अरे! मै तुम्हे कुछ नहीं होने दूंगा। बस तुम थोड़ी देर चुप रहो। ताकि मै इन्हे सबक सीखा सकूँ।"

लक्ष्मी अपनी बड़ी बड़ी आँखों से सोम को एकटक देखें जा रही थी। फिर सोम बाइक से उतरता है और उन लोगों के सामने आकर खड़ा हो जाता है। वे दरिंदे सोम की तरफ बढ़ रहें थे।

पर सोम पीछे नहीं हटता। बल्कि उनकी ही तरफ बढ़ता है। उन शैतानों ने सोम को चारों तरफ से घेर लिया था और सोम उन के बीच फंस गया था। यह नजारा देखकर लक्ष्मी की आंखें फटी की फटी रह जाती हैं। और वह जोर से चीखती है।

"सोमदत्त!"

****

सोमदत्त उन मुर्दों से घिर चुका था। वो चारो तरफ थे। उधर लक्ष्मी ने सोचा कि सोमदत्त उन दरिंदो का शिकार हो गया।

" हे! भगवान उन दरिंदों ने तो सोमदत्त को चारों तरफ से घेर लिया है। और इनकी संख्या इतनी ज्यादा है कि शायद ही सोमदत्त इन दरिंदो से बचेगा। हे! भगवान सोमदत्त की रक्षा करना।"

पर लक्ष्मी को क्या पता था कि वो शिकार नहीं शिकारी हैं। कुछ ही पलो में वो मुर्दे हवा में उड़ते नज़र आते हैं। और सोमदत्त से दूर ज़मीन पर पड़े हुए थे।

" तुम शैतानों को क्या लगा कि तुम लोग मुझे अपना शिकार बना लोगे। यह इतना आसान नहीं है। मैं सोमदत्त हूं। और तुम जैसे शैतानों के लिए मैं यमराज हूं। अब मैं तुम्हें तुम्हारे ही शक्तियों का स्वाद चखाता हूं। "

एक बार फिर से सोमदत्त ने अपनी आँखें बंद कर ली थी। उसका शरीर एक आभा से चमक उठा था। और फिर

उसके शरीर से निकलते उस दिव्य प्रकाश के संपर्क में आते ही वे आत्माये उन शरीरो को छोड़ रहीं थी।

कुछ ही पलो में वो अतृप्त आत्माये अब मुक्त हो चुकी थी। इंसानी शरीर बेहोश होकर नीचे गिर रहें थे। लोग यू ही उसे यमराज़ नहीं बुलाते थे। वो शैतानो के लिए यमराज़ ही तो था।

यह दृश्य देखकर लक्ष्मी के खुशी का ठिकाना नहीं रहता। वह जोर से चिल्लाती है

"क्या फाइट किया। मज़ा आ गया। एकदम हीरो माफिक वाओ!! कितने पावरफुल हो तुम सोमदत्त !! अच्छा सबक सिखाया तुमने इन शैतानों को। अब यह शैतानी आत्माये नरक में जाकर सढ़ेंगी।"

सोमदत्त उठ खड़ा हुआ था और दौड़कर लक्ष्मी के पास आता है।

" लक्ष्मी! जल्दी चलो यहाँ से। वरना इनके साथी लोग इधर ही आ रहे होंगे। इनकी संख्या इतनी ज्यादा है कि अगर सबको ख़त्म करता रहा तो शायद ही हम लोग कभी उस जगह पहुँच पाएंगे। "

सोमदत्त में लक्ष्मी का कोमल हाथ मजबूती से पकड़ा हुआ
था और दोनों एक तरफ भाग रहे थे। तभी लक्ष्मी ने
भागते हुए कहा

"पर तुमने ये किया कैसे?? मेरे को लगा कि तुम तो बन
गए इनका निवाला और अगला नंबर मेरा ही हैं।"

(लक्ष्मी सोम को ही देखे जा रही थी अपनी शरारत भरी
निगाहो से।)

(जो भी हो मुझे क्या?अब ये उन दोनों का मामला हैं। मैं
कहानी पर फोकस करता हूँ।)

सोमदत्त ने मुस्कुराते हुए जवाब दिया

" बताऊंगा सब कुछ बताऊंगा। पहले हमें यहां से
निकलना होगा और तुम निश्चिंत रहो। मेरे रहते हुए कोई
तुम्हारा कुछ भी नहीं बिगाड़ सकता।"

दोनों भागते हुए एक दूसरे के आंखों में ही देखे जा रहे थे।

दोनों भागते हुए वहाँ से निकल जाते हैं। वो लोग जल्द से
जल्द उस खंडहर में पहुँच जाना चाहते थे। पर रात का
समय होने के कारण चारो तरफ वे शैतान फैले हुए थे।
इसलिए वो लोग अब पैदल ही उस ओर बढ़ रहे थे।
क्योंकि बाइक के शोर से शैतानो का ध्यान उन पर आ
जाता।

दोनों छिपते-छिपाते किसी तरह उस खंडहर के पास पहुँच जाते हैं। वहाँ हज़ारो की संख्या में मुर्दे इधर-उधर भटक रहे थे। अब सवाल ये था कि,उनकी नज़रो से छिप कर अंदर कैसे पहुँचा जाये??

" लक्ष्मी! यहां तो बहुत शैतान मौजूद है। और उनकी नजरों से बचकर हम अंदर नहीं जा सकते।"

" तो सोमदत्त अब हम लोग क्या करेंगे? हमें तो अंदर जाना ही होगा। वरना वह दरवाजा कैसे बंद होगा?"

दोनों सोच ही रहे थे। कि कुछ मुर्दो ने उन्हें देख लिया और उनकी तरफ भागे। सोम ने तय किया कि वो अब पीछे नहीं हटेगा और बढ़ चला उन्ही की ओर।

यह देखकर लक्ष्मी चौक उठी थी। उसने सोमदत्त को रोकते हुए कहा

"ये तुम क्या कर रहे हो? चलो हम यहाँ से निकल जाते हैं। वरना दोनों ज़िंदा नहीं बचेंगे। उनकी संख्या बहुत ज्यादा है। हम उनका मुकाबला नहीं कर पाएंगे। शायद हमें इस शहर को इसके किस्मत पड़ छोड़ देना चाहिए। "

लक्ष्मी ने यह निराश होकर कहा था। पर सोमदत्त अब कहां रुकने वाला था। उसने जो ठान दिया था। वह करके ही रहेगा।

"नहीं अब हम वापस नहीं लौटेंगे। आज ही ख़त्म होगा इनका आतंक! अब बहुत हुआ। मैं अब इनमें से किसी को भी नहीं छोड़ूंगा। इन शैतानों ने बहुत तांडव मचा लिया। बहुत से लोगों की जान ले ली है। अब इनका अंत होना जरूरी है।"

खून उतर आया था सोमदत्त की आंखों में। पर लक्ष्मी नहीं चाहती थी कि सोमदत्त को कुछ भी हो।

"क्या तुम पागल हो गए हो? ज्यादा हीरो मत बनो। दो चार दरिंदो को मार कर खुद को तीस मार खा समझ रहे हो। प्लीज मत जाओ! मैं अब किसी अपने को खोना नहीं चाहती। बहुत कुछ पहले ही खो चुकी हूँ।"

और फिर वह रोने लगती है।

(बोला था ना!कुछ तो चल रहा था उसके दिल में)

पर अब सोम नहीं रुकता। वो एक योद्धा था और योद्धा मरते नहीं मारते है। वो आगे बढ़ रहा था और उसके शरीर को छूते ही उन मुर्दों को मुक्ति मिलती जा रही थी। इंसानी शरीर बेहोश होकर नीचे गिर रहा था। सच में आज सोमदत्त साक्षात् यमराज ही लग रहा था।

उसका पुरा शरीर एक तेज़ रौशनी से चमक रहा था। उसकी आँखे बिलकुल लाल हो चली थी। ये सब देखकर

लक्ष्मी डर भी रही थी और ख़ुश भी हो रही थी। क्योंकि सोम का ये अवतार तो अलग ही था। शैतानो की संख्या लगातार कम हो रही थी और इंसान उन आत्माओ से मुक्त हो रहे थे।

"आज तुम सभी शैतानों का अंत हो जाएगा। तुम लोगों ने बहुत तबाही मचा ली है। अब तुम्हारा अंत होना जरूरी है। मरो शैतानों मरो! जैसे ही तुम लोग मेरे शरीर को छुओगे तुम्हारी आत्मा तुम्हारा शरीर छोड़कर वापस उसी लोक में लौट जाएगी। जहां से तुम सभी दुष्ट आत्माएं आई हों।"

****

आज तो सोमदत्त उन शैतानों का काल बनकर आया था। उसके शरीर से निकलने वाले तेज़ के कारण जो भी शैतान उसके शरीर से स्पर्श हो रहा था। उसके शरीर से अतृप्त आत्माए निकल कर मुक्त हो जा रही थी। जबकि इंसानी शरीर बेहोश अवस्था में जमीन पर गिर रही थी। जल्द ही सोमदत्त खंडहर के अंदर पहुंच चुका था।

जहां एक मुर्दा कुर्सी पर अपना सर नीचे करके बैठा हुआ था। जिसके बड़े- बड़े बाल और दाढ़ी थी। शायद ये वही तांत्रिक था। जिसने वह द्वार खोला था। पर अब उसके शरीर पर किसी आत्मा का वास था।

"तो तू आखिर आ ही गया। तुझे क्या लगा कि तू यहां आएगा और इस गेट को बंद कर देगा? मैं रक्षक हूं इस द्वार का। मेरे रहते तू कभी कामयाब नहीं होगा।"

" ही.. ही.. ही!!"

पर सोमदत्त भी कहां उससे डरने वाला था।

"तेरे जैसे कितने ही शैतानों को मैं नर्क की आग में झोंक चुका हूं। अगला नंबर तेरा ही है।"

इस बार वह शैतान दहाड़ उठा

"मैंने इस तांत्रिक को इसलिए मारकर इसके शरीर पर कब्जा किया है। क्योंकि एक यही था। जो इस द्वार को बंद कर सकता था। अब यह तो इस दुनिया में रहा नहीं। तो तू द्वार को कैसे बंद करेगा। ही.... ही.... ही...!!"

" तू चिंता मत कर शैतान! पहले मैं तुझे खत्म करूंगा। उसके बाद इस द्वार को भी बंद कर दूंगा।"

"बहुत नाज है ना तुझे अपनी शक्ति पर तो देख मैं तेरा क्या हश्र करता हूं।"

"ही... ही... ही..... ही।"

अचानक से वो शैतान खड़ा हो गया। उसकी गर्दन पीछे की तरफ मुड़ गई। उसके दोनों हाथ,उसके शरीर से अलग होकर सोमदत्त की ओर बढ़ने लगे। वो कटे हुए हाथ सोमदत्त की गर्दन पर हमला करने ही वाले थे,कि सोमदत्त एक तरफ हट जाता है।

वह हाथ वापस शैतान के शरीर में जुड़ जाते हैं। अब वह शैतान धीरे-धीरे बढ़कर दीवार पर चढ़ने लगता है। छत पर उल्टा लटक जाता है। कमरे में तेज हवा चलने लगती है। बल्ब जलने-बुझने लगता है। एकदम से डरावना माहौल बन जाता है।

तभी वह शैतान अचानक से गायब हो जाता है। सोमदत्त उसे खोजने लगता है। पर वह कहीं नहीं मिलता। तभी दो हाथ सोमदत्त की गर्दन को जकड़ लेते हैं। सोमदत्त की सांसे रुकने लगती हैं। पर वहां उन दोनों हाथों के अलावा कुछ भी नहीं था।

" तू क्या मुझे कोई छोटा मोटा शैतान समझ रहा था। मैं प्रेत लोक से आया हूं।"

उसकी पकड़ सोमदत्त के गर्दन पर बढ़ती जा रही थी।

उधर यह सब दृश्य देखकर लक्ष्मी की हालत खराब हो रही थी। पहली बार इतना खतरनाक दृश्य देखा था उसने। सोमदत्त उन शैतानी हाथों से मुक्त होने का पूरा

प्रयास कर रहा था। पर वह कामयाब नहीं हो रहा था। पर सोमदत्त ने अपने आप को संभाला। कुछ देर के लिए उसकी एकाग्रता भंग हो गई थी।

उसने अपने दोनों हाथ आपस में जोड़ लिए और प्रार्थना की मुद्रा में आ गया। कुछ ही देर में उसके शरीर से,फिर से वह चमक निकलनी शुरू हो गई। जिसके प्रभाव से उस शैतान ने सोमदत्त के गर्दन को छोड़ दिया था।

अब वह शैतान सोमदत्त के सामने खड़ा था। उसने सोमदत्त पर फिर से हमला किया। पर इस बार सोमदत्त ने शैतान के सर को पकड़कर,अपनी आंखें बंद कर ली और कुछ ही देर में उस शैतान का शरीर पिघलने लगा और पूरी तरह से गल का धुँआ बन गया।

" नहीं मुझे छोड़ दे मुझे जाने दे। मैं वापस से प्रेत लोक लौट जाऊंगा।"

पर अब बहुत देर हो चुकी थी। उसकी अंतिम चीख से वह पूरा कमरा गूंज उठा था।

शैतान का अंत हो गया था। पर अभी भी वो द्वार खुला हुआ था। सोमदत्त उस द्वार के सामने जाता है और अपनी आंखें बंद कर कुछ प्रार्थना करने लगता है। जिससे उस कमरे की हवा अचानक से उल्टी बहने लगती है और सभी

शैतानी आत्माएं उस हवा के खिंचाव से उस द्वार में खींचने लगते हैं।

धीरे-धीरे पूरे शहर की शैतानी आत्माएं उस द्वार में समाने लगती हैं। इंसानों का शरीर उनसे मुक्त होने लगता है। कुछ पल बाद पूरा कमरा एकदम शांत हो जाता है। वह शैतानी द्वार अब बंद हो चुका था। सारी शैतानी आत्माये अब वापस जा चुकी थी। अब वह मुर्दों का शहर फिर से सामान्य हो चुका था।

यह देखकर लक्ष्मी काफी खुश नजर आ रही थी।

"सोम तुमने आखिरकार हमारे इस प्यारे शहर को उन शैतानी रूहों से मुक्त करा दिया। अब हमारा शहर मुर्दों का शहर नहीं कहलाएगा। तुम्हारा यह एहसान हम कभी नहीं चुका पाएंगे। अगर तुम यहाँ ना आते तो शायद ही यह सम्भव हो पाता। "

इस पर सोमदत्त ने मुस्कुरा कर कहा

"इसमें एहसान वाली क्या बात है। यह तो मेरा फर्ज था। मेरा काम ही शैतानी रूहों को नर्क लोक पहुंचाना है। मैं इनके लिए यमराज हूं।"

इस बार लक्ष्मी ने भी पूछ ही लिया

"और मेरे लिए तुम क्या हो? जरा यह भी बता दो!!

सोमदत्त ने भी मुस्कुरा कर जवाब दिया

""मतलब? तुम क्या कहना चाहती हो? जरा खुल कर कहो।""

"अच्छा जी!!तुमको अभी तक नहीं पता। मैं क्या कहना चाहती हूं,तो सुनो आई लव.....????"

लक्ष्मी आगे कुछ कह पाती उससे पहले ही लक्ष्मी का शरीर धीरे-धीरे हवा में विलीन होने लगता है। लक्ष्मी चौंक उठी थी।

" ये... ये... मुझे क्या हो रहा है? मेरा...मेरा शरीर गायब क्यों हो रहा है?

सोमदत्त उदास उदास था। उसने अपनी भीगी पलकों के साथ कहा

"क्योंकि तुम्हारी आत्मा को आज मुक्ति मिल रही है। अब तुम्हारा परमात्मा के पास जाने का समय आ गया है।"

"क.. क.. क्या! यह तुम क्या कह रहे हो? मुझे क्यों मुक्ति मिलेगी? मैं तो अभी जिंदा हूं!"

"नहीं लक्ष्मी तुम्हारी मौत तो उसी दिन हो गई थी। जिस दिन उन शैतानों ने उस मॉल में मारकाट मचाई थी। तुम्हारा मृत शरीर आज भी उसी गोदाम में पड़ा हुआ है।

मैंने तो उसी दिन तुम्हारे मृत शरीर को देख लिया था। जिस दिन तुम पहली बार,मुझे उस गोदाम में ले गई थी। पर मैंने तुम्हें कुछ भी नहीं बताया। क्योंकि मैं जानता था। तुम्हारी रूह को मुक्ति इसलिए नहीं मिली है। क्योंकि तुम्हारी मौत इन्ही शैतानों के कारण हुई थी। शैतानों का खात्मा होते ही तुम्हारी रूह को मुक्ति मिल गई। अब तुम परमात्मा के पास जा रही हो।"

लक्ष्मी के आंखों में आंसू थे। क्योंकि एक बार फिर उसे किसी अपने से जुदा होना पड़ रहा था। शायद किसी खास से। पर इस बार आँसू किसी और के आँखों में भी थे। दोनों एक दूसरे को ही देखे जा रहे थे। क्योंकि ये उनकी आख़री मुलाक़ात थी।

धीरे-धीरे लक्ष्मी की आत्मा विलीन हो रही थी। चारो तरफ सन्नाटा था। बस सुनाई दे रही थी तो गिरते आंसुओं की बूंदो की आवाज़।

"टप...टप...टप"

लक्ष्मी अब जा चुकी थी। पर कमरे में उसकी आवाज़ गूंज रही थी।

""मैं वापस आउंगी। सोम! ""

****

लक्ष्मी अब जा चुकी थी। सोम दुखी था। तभी अचानक सब कुछ गायब होने लगता है और कुछ ही देर में सोम अपनी मूल जगह पर वापस आ जाता है। यानी अपने घर पर।

नॉवेल अब भी उसके हाथ में थी। पर सोम अब उदास था। क्योंकि लक्ष्मी की अंतिम आवाज़ उसके कानो में अब भी गूंज रही थी।

"मैं वापस आउंगी सोम!"

सोम उन यादो में खोया ही था, कि तभी उसे याद आया,कि उस नॉवेल कि लास्ट स्टोरी अभी भी बाकी थी। उसको पढ़े बिना उस नॉवेल का रहस्य जानना संभव नहीं था। इसलिए सोम ने अपने आप को सम्हाला और जुट गया,अंतिम स्टोरी को पढ़ने मे। स्टोरी का टाइटल था।

!! द हांटेड हाउस!!

एक ऐसा घर जो बदनाम था,अपनी मनहूसियत के लिए। उस घर में रहने वाला इंसान कभी उस घर में टिक नहीं पाता था। या तो पागल हो जाता या उसकी मौत हो

जाती थी। वो घर कई लोगो कि ज़िन्दगी लील गया था। इसलिए अब उस घर में कोई रहने नहीं आता था।

पर वो घर किसी ना किसी प्रकार अपने शिकार को खींच ही लाता था। और आज बारी थी कुछ बेवकुफो कि जो उस घर में हॉरर मूवी बनाने आये थे। जिनकी कुल संख्या आर्टिस्ट, डायरेक्टर और क्रू मेंबर मिला के दस थी। उनकी मूवी का नाम था डायन!! जिसकी हीरोइन मशहूर मॉडल सोनिया कपूर थी। और हीरो एक उभरता कलाकार आदित्य सिंह।

कहानी का प्लाट हॉरर था। इसलिए उन लोगो ने शहर से दूर इस विराने में बसें इस घर को चुना था।

डायरेक्टर मोहन कपूर इस फिल्म को लेकर काफी उत्साहित था। वह सोनिया को वहां का लोकेशन दिखा रहा था।

"देखिए मैडम है ना परफेक्ट लोकेशन शहर से दूर,सुनसान इलाका,दूर-दूर तक कोई आबादी नहीं। है ना डरावनी फिल्म के लिए परफेक्ट जगह। मुझे इस लोकेशन पर काम करने के लिए बहुत ज्यादा मेहनत और खर्च करना पड़ा। तब जाकर के यहां काम करने का परमिट मिला है। अब सब आपके ऊपर है। आप इस फिल्म को हिट करा दीजिए। ताकि मेरा बजट निकल जाए।"

सोनिया उस समय की बहुत मशहूर हॉरर फिल्मों की हीरोइन थी। बड़ी-बड़ी आंखें, उजला रंग कंधे तक आते लंबे बाल। फूल से कोमल होंठ। उम्र करीब बाइस तेइस साल। उसने अभी एक नीले रंग की टॉप और नीचे ब्लैक जींस पहन रखी थी। जिसमें उसकी खूबसूरती और भी निखर कर सामने आ रही थी।

"हाँ!! लोकेशन तो परफेक्ट है। पर यहाँ सब फैसिलिटी तो है ना? आप को तो पता है ना मैं बिना ए.सी. के सो नहीं सकती। और दूसरी सुविधाएं??"

"हाँ.. हाँ.. मैडम मैंने सारा इंतेज़ाम कर दिया है। चलिए अब उस घर को भी देख लेते है। जिसमे हमारे फ़िल्म की शूटिंग होगी।"

सब मिलकर उस घर के अंदर जाते है। वो घर था या हवेली? बाहर से पता नहीं चलता था। पर अंदर से काफी बड़ा था। पांच कमरे थे उसमें। घर पुराना जरूर था। पर था शानदार। सभी को वो घर पसंद आया। सभी लोग काफी थक चुके थे। इसलिए फ्रेश होकर आराम करने चले गए। रात हो चुकी थी। इसलिए फ़िल्म की शूटिंग दूसरे दिन का शेड्यूल हुआ।

रात के करीब नौ बज रहे थे। सोनिया अपने बाथरूम से शावर ले कर बाहर आती है और ड्रेसिंग टेबल के पास बैठकर अपने बालो में कंघी कर रही होती है। कि तभी

उसे आईने में एक परछाई दिखाई देती है। वो पलट कर देखती है तो वहाँ कोई नहीं होता। वो फिर से अपने बालो को सवारने लगती है वो गाना गुनगुनाती है।

"सजना है मुझे सज़ना के लिए। हूँ.. हूँ..हूँ!"

तभी दो हाथ उसके गर्दन पे आ लगते है। सोनिया पलट कर देखती है तो?????

वो आदित्य होता है। फ़िल्म का हीरो जो सोनिया को पर डोरे डालता था। पर सोनिया उसे बिलकुल भी पसंद नहीं करती थी। सोनिया गुस्सा होते हुए कहती है

"ये क्या बत्तीज़मी है आदित्य? तुमने तो मुझे डरा ही दिया था। आइंदा से ऐसा मज़ाक मेरे साथ मत करना।"

"सॉरी सोनिया जी! मेरा इरादा आपको डराने का नहीं था। मै तो बस आपको यह बताने आया था कि खाना तैयार है। चलिए!!"

सोनिया कुछ नहीं बोलती बस उठकर बाहर आ जाती है। वो आदित्य को बिल्कुल पसंद नहीं करती थी। उसकी हरकते सोनिया को अच्छी नहीं लगती थी।

सब लोग खाना खाते है। फिर सोने चले जाते है। सोनिया अपने कमरे में अकेली थी । वो नाईट ड्रेस पहन कर अपने बेड पर लेटी हुई थी। उसके खुले हुए रेशमी बाल सिरहाने

पर फैले हुए थे। उस मध्यम रौशनी में भी उसका शरीर किसी मोती की तरह चमक रहा था।

पर तभी उसे बाहर से किसी के चीखने की आवाज़ सुनाई देती है। वो हड़बड़ा कर बिस्तर पर उठ बैठती है। उसकी साँसे तेज चल रही थी।

"अरे! इतनी रात को चीख किसकी थी? कहीं कोई हादसा तो नहीं हो गया ? मुझे जाकर देखना चाहिए। "

वह भागकर बाहर जाती है। तो उनका लाइट बॉय किचन में डरा हुआ सा पड़ा होता है। बाकी लोग भी वहाँ पहुँच चुके थे। यह देखकर डायरेक्टर काफी डर गया था।

"क्या हुआ मोहन? तू चिखा क्यों? और तू इतना डरा हुआ क्यों है?"

"मैं... मैं.... मैने अभी फ्रिज़ में एक कटा हुआ सर देखा।" उसकी ऑंखें डर के मारे फैल चुकी थी।

यह सुनकर आदित्य हॅसने लगता है

"तू क्या पागल हो गया है फ्रिज में सर? रुक मैं अभी देखता हूँ।"

मोहन काफी डरा हुआ लग रहा था। वह अब भी काप रहा था।

" म.. म.. त... मत खोलो साहब! उसमे अभी भी वो
सर..."

पर आदित्य फ्रिज खोल देता है। लेकिन उसमे सिर्फ एक
तरबूज़ रखा होता है।

आदित्य तरबूज़ को निकालते हुए हसता है।

"ये ले तेरा सर। हा.. हा.. हा...। डरपोक कहीं का कुछ
भी।"

 पर सोनिया को आदित्य की यह हरकत अच्छी नहीं
लगी थी उसने चिल्लाते हुए कहा

" इस तरह किसी का मजाक नहीं उड़ाना चाहिए
आदित्य! देख नहीं रहे हो वहां कितना डरा हुआ है। तुम्हें
शर्म आनी चाहिए।"

 इतना बोलकर सोनिया पलटती है और अपने कमरे की
तरफ चली जाती है।

 आदित्य मन में सोच रहा था

" तुम गुस्से में भी कितनी प्यारी लगती हो। माय
डार्लिंग!"

वह मुस्कुराता है फिर अपने कमरे की तरफ बढ़ जाता है। फिर सब अपने-अपने कमरे में चले आते है। रात को कोई घटना नहीं घटती।

सुबह फ़िल्म की शूटिंग शुरू होती है। पहला सिन रोमांटिक होता है। सीन कुछ इस तरह का था।

हीरो-हीरोइन साथ में गाना गाते है। गाना गाते गाते रात रात हो जाती है। दोनों रात गुजारने के लिए उसी घर में पहुंचते है। दोनों के बीच उस घर में एक रोमांटिक सिन शूट हो रहा होता है। कि अचानक नौकर रामु के चीखने की आवाज़ आती है।

"साहब-साहब जल्दी बाहर आइये! यहाँ मोहन की लाश पड़ी हुई है।"

सभी लोग भागकर वहाँ पहुंचते है,तो वहाँ मोहन की लाश पड़ी हुई थी। जिसकी हालत बहुत बुरी थी। जैसे किसी ने रात भर उसे नोच-नोच कर खाया हो। रोनिया यह दृश्य देखकर काप उठी थी।

" हे भगवान!! ऐसी लाश आज तक मैंने नहीं देखी। कितनी बुरी हालत है इसकी। "

इतना बोलकर वह बेहोश हो जाती है। कुछ देर बाद पुलिस आती है और लाश को ले जाती है। पर उन्हें वार्निंग देके जाती है, कि जब तक इन्वेस्टीगेशन पुरी नहीं हो जाती, कोई वहाँ से नहीं जायेगा।

उस दिन की शूटिंग कैंसिल हो चुकी थी। सोनिया को भी अब होश आ चुका था। पर वह अब भी काफी घबराई हुई थी। रात को सभी खाने के टेबल के सामने बैठे हुए थे। पर कोई खा नहीं रहा था। सभी के दिमाग़ में सुबह का मंज़र घूम रहा था।

सोनिया जो काफी डरी हुई थी। अपनी भौंहे तानते हुए कहा। उसकी आवाज में हल्का गुस्सा भी था

"कल रात मोहन ठीक ही कह रहा था। उसने कुछ तो देखा था फ्रिज के अंदर। तभी वो डर गया था। हम लोगो ने उसका मज़ाक उड़ाया था। काश हमने उसका विश्वास किया होता तो?"

इस पर आदित्य ने बेफिकरी से कहा

"तो क्या?? अरे ये एक छोटा सा एक्सीडेंट ही है। इतना सुनसान इलाका है। कोई जानवर होगा। जिसने उसे मारा होगा। बस और कुछ नहीं।"

पर सोनिया का ख्याल कुछ और ही था

"मुझे तो वो कोई जानवर नहीं बल्कि??"

डायरेक्टर ने बीच में ही पूछ लिया।

"बल्कि क्या? सोनिया!!"

सोनिया ने आँखे फाड़ते हुए कहा

"मेरे ख्याल से ये काम किसी दुष्ट आत्मा का है। मैंने इस घर के बारे में सुना है। ये घर हॉंटेड हैं। मैं तो पहले ही इस घर में शूटिंग के लिए नहीं आना चाहती थी पर आप लोगों के दबाव के कारण मुझे इस घर में शूटिंग करने के लिए मजबूर होना पड़ा।"

पर आदित्य तो खुद को निडर साबित करने में लगा हुआ था।

"क्या बकवास कर रही हो तुम सोनिया। घोस्ट-वोस्ट कुछ नहीं होते। मै तो जा रहा सोने। तुम लोग बैठ के घोस्ट-घोस्ट खेलो। बकवास!!"

तभी अचानक से एक डरावनी आवाज गूंज उठती है।

"ही... ही... ही.... ही.... ही.... ही...ये घर एक विरानी सी! लोग आ कर इसमें मरते हैं!!"

"ही... ही... ही... ही... ही....ही.... ही.... तुम सब भी मरोगे। ये मेरा घर हैं। तुम लोगो की हिम्मत कैसे हुई इसमें आने की..एक-एक करके सब मरोगे।"

"ट्विंकल-ट्विंकल लिटिल स्टार हाउ आर वंडर व्हाट यू आर.. ही... ही..... ही..... ही......"

वो शैतानी हँसी चारो तरफ गूंज रही थी। अचानक से सभी खिड़की दरवाज़े अपने आप बंद हो गए। सभी लोग एकदम से डरने लगे। तभी रामु नौकर की चीख सुनाई दी। सभी लोग दौड़कर वहाँ पहुंचे तो रामु की लाश फांसी पर लटक रही थी। उन लोगो को काटो तो खून नहीं।

सब लोग इधर उधर भागने लगे। वो लोग किसी तरह वहाँ से निकलना चाहते थे। पर सभी खिड़की-दरवाज़े बंद हो चुके थे। सब लोग उन्हें खोलने में लग गए थे। पर वो अब कहाँ खुलने वाले थे। अब तो उन सब की मौत ही उस दरवाज़े को खोल सकती थी। तभी एक दरवाज़ा अचानक से खुल जाता हैं।

****

और कहानी में सोमदत्त की एंट्री होती है। सोमदत्त अंदर आ चुका था। वह पुरी तरह से गीला हो चुका था। क्योंकि बाहर जोरो की बारिश हो रही थी। भींगे होने के कारण

उसका कसरती बदन साफ झलक रहा था। सोनिया तो एकटक उसे ही देखे जा रही थी।

अचानक से सोमदत्त को वहाँ देखकर सभी चौंक उठे थे। डायरेक्टर मुँह फाड़े पूछता है

" क... क... कौन हो तुम?" और यह दरवाज़ा कैसे खुल गया था। जबकि हम लोग कब से इन दरवाजों को खोलने की कोशिश कर रहें थे।" वह आश्चर्य से उसे ही देख रहा था।

अब सोम उसे कैसे समझाये कि कोई भी दरवाज़ा उसे कैसे रोक सकता है। उसने मुस्कुरा कर जवाब दिया

"मैं सोमदत्त हूँ। यहाँ से गुजर रहा था। तो अचानक से मेरी बाइक ख़राब हो गई और तेज़ बारीश भी हो रही

थी। तो मैं अंदर आ गया। वैसे आप लोग इतने डरे हुए क्यों है? (सोमदत्त अपनी सच्चाई उनको नहीं बताना चाहता था।)

सोनिया जो काफी डरी हुई थी। उसने अपना गला साफ करते हुए कहा

"क्या तुम्हे यहाँ कुछ अजीब नहीं लग रहा?"

सोम ने उसकी तरफ देखा

"क्या अजीब है? सब ठीक तो है। हाँ आप लोग डरे हुए जरूर लग रहे है। "

 सबने अपनी नजर घुमाई तो वास्तव में अब कोई हंसी सुनाई नहीं दे रही थी। पर दरवाजे और खिड़कियां अब भी बंद थी। और वह दरवाजा भी तुरंत बंद हो गया था। जिससे सोमदत्त अंदर आया था।

इसलिए उन लोगो ने राहत की साँस ली। अब वो लोग थोड़े नार्मल हो चुके थे। उन्होंने तय किया कि सुबह होते ही वहाँ से निकल जायेंगे। पर इस रात की सुबह कहाँ।

आदित्य ने अपना हाथ आगे बढ़ाते हुए कहा

"हाय आई ऍम आदित्य! फेमस हीरो। नाम तो सुना ही होगा?"

सोमदत्त मुस्कुराया और उसने कि अपना हाथ आगे कर दिया।

जी बिल्कुल आपको और सोनिया जी को कौन नहीं जानता।

इतना सुनना था कि सोनिया के गुलाबी गाल शर्म से लाल हो उठे थे।

सोनिया ने मन में सोचा

" काश! मेरे फिल्म का हीरो यह चपड़ गंजू ना होकर तुम होते।"

पर जैसे ही सोमदत्त अपना मज़बूत हाथ उससे मिलाता है, तो आदित्य की सारी अकड़ निकल जाती है। वो तुरंत अपना हाथ छुड़ा लेता है। और सोचता है

"ऊफ! ये हाथ है या हथोड़ा। मुझे तो यह इंसान ही पसंद नहीं है। वैसे लगता है, मुझे भी अब थोड़ी कसरत करनी शुरू कर देनी चाहिए।"

सोमदत्त तो सब कुछ समझ चुका था। पर वो नासमझी का नाटक कर रहा था। सब लोग थोड़ा रिलैक्स होकर अपने अपने कमरे में सोने चले गए थे। सोम वही सोफे पर लेट गया था।

सोनिया अपने बिस्तर पर लेटी हुई थी। पर रात को उसे कुछ डरावनी सपने आ रहे थे। साथ ही उसे कुछ अजीब सा लग रहा था। अचानक से सोनिया की आँख खुल जाती है। वह हर बढ़ाकर अपने बिस्तर पर उठ बैठती है। उसे अपने बेड के नीचे कुछ अजीब आवाज़े सुनाई दे रहीं थी।

" क्या मेरे कान बज रहे हैं या सच में बैठ के नीचे से कुछ अजीब आवाज आ रही है? क्या मुझे झांक कर देखना चाहिए?"

वह हिम्मत करके अपने बेड के नीचे झांकती है। पर वहाँ कोई नहीं होता। वो फिर से सोने के लिए लेट जाती है। पर जैसे ही उसकी नजर छत की तरफ जाती है तो उसके होश उड़ जाते हैं। क्योंकि सीलिंग पर एक काली परछाई चिपकी हुई थी। उसकी लाल आँखे सोनिया को ही घूर रही थी। सोनिया ने डर के मारे अपनी आँखे बंद कर ली। जैसे ही उसने अपनी आँखे खोली।

तो अब वो रूह उसके एकदम सामने थी। उसकी बदबू सोनिया की नाक को सड़ाने के लिए काफी थी। उसका चेहरा बिलकुल काला था। दो लम्बे दाँत बाहर निकले हुए थे। उसकी लम्बी काली जीभ सोनिया का चेहरा चाट रही थी। सोनिया का गुलाबी चेहरा एकदम डर के मारे पीला

पड़ गया था। वह चाहकर भी कुछ नहीं कर पा रही थी।क्योंकि उसका पूरा शरीर जड़ हो चुका था।

वो चीखना चाह रही थी। पर उसके गले से आवाज़ नहीं निकल रही थी। उस शैतानी रूह ने अपने नुकिले नाखून सोनिया की गर्दन पर लगा दीए और अपने बड़े-बड़े दांतो से उसका खून पीना चाहा। पर उससे पहले ही सोनिया की चीख निकल गई और वो शैतानी आत्मा वहाँ से गायब हो गयी।

सोम सबसे पहले सोनिया के कमरे में पहुँचा। सोनिया दौड़ कर उससे लिपट गई थी। सोम के मजबूत बाहों में उसका डर कुछ कम हो चुका था। तब तक बाकी लोग भी वहाँ आ पहुंचे थे। सोनिया को सोम के बांहों में देखकर,आदित्य जल-भुंज गया और सोचा

"काश मैं पहले आता! तो शायद सोनिया मेरे बांहों में होती। बहुत बड़ा मौका हाथ से निकल गया।"

अब सोनिया कुछ नार्मल हो चुकी थी। उसने अपने आप को सम्हाला। पर वो सोम के मज़बूत बांहों से अलग नहीं होना चाहती थी। पर मज़बूरी। वो अलग हो गई। सोम आश्चर्य से पूछा

"क्या हुआ मैडम आप इतनी ज़ोर से क्यों चिल्लाई थी?"

आदित्य भी उसके पास आ चुका था।

"हाँ!! सोनिया क्या हुआ था?"

सोनिया अब भी थोड़ी डरी हुई थी। उसने कापते हुए स्वर में कहा

" मैं... मैं.... अपने बेड पर सो रही थी कि तभी एक डरावना सा साया मेरे सामने आ गया। उसने अपने बड़े-बड़े नाखून मेरे गले में गड़ा दीए और मेरा खून पीना चाह रहा था। कितना भयानक था वो।"

पर आदित्य को उसकी बात पर यक़ीन नहीं हुआ।

"कुछ नहीं!! जरूर तुमने कोई सपना देखा होगा।"

पर सोम सारा माज़रा समझ रहा था। उसने गंभीर होते हुए कहा

"नहीं!! वो कोई सपना नहीं था। इनके गर्दन पे देखो अभी भी खून निकल रहा है। "

अभी भी सोनिया के गर्दन पे वो जख्म था। वहा मलहम लगाया गया। पर उन लोगो ने देखा की डायरेक्टर साहब वहाँ नहीं थे। जब उनके कमरे में गए तो उनकी लाश उनके बेड पर पड़ी हुई थी। उनकी गर्दन पीछे की तरफ

मुड़ी हुई थी। शायद वो सोनिया की तरह खुद किस्मत नहीं थे।

अब तक तीन मौते हो चुकी थी। पता नहीं अब किसका नंबर था? तभी आदित्य एक हथोड़ा ले आया।

"अब मैं यहाँ नहीं रहूँगा। जरूर यहाँ कोई बुरी आत्मा है।"

और वो दरवाज़े को उस हथोड़े से तोड़ने लगा। पर वो दरवाज़ा कहाँ टूटने वाला था। उलटे वो हथोड़ा ही टूट गया। उसने और भी तरीको से दरवाज़े को तोडना चाहा। पर असफल रहा। आखिरकार थक-हार कर बैठ गया। आदित्य हताश हो चुका था।

"अब हम लोगो की मौत निश्चित है। अब हम सब की मौत के बाद ही ये दरवाज़ा खुलेगा। सब ख़त्म हो गया। कितने अरमान लिए मै अपना घर बार छोड़कर यहाँ हीरो बनने आया था। पर अब तो लगता है कि मेरी लाश ही यहाँ से बाहर जाएगी।"

वह हताश होकर जमीन पर बैठ गया था। पर तभी सोनिया ने उसके कंधे पर हाथ रखते हुए कहा

"निराश मत हो आदित्य। सब ठीक हो जायेगा। यहां से निकलने का कोई ना कोई रास्ता जरूर निकल आएगा।"

अब सभी लोग ज़मीन पर ही बैठ गए थे। सोमदत्त अपने योग की मुद्रा में बैठ गया था। वह उस शैतान से सम्पर्क साध रहा था।

कुछ ही देर में सोम शैतानी आत्मा के आयाम में था। जहाँ बहुत अंधेरा था। शैतान अपना चेहरा दूसरी ओर घुमा कर बैठा था।

"कौन है रे तू दुष्ट? क्यों लोगो की जान ले रहा है?"

ऊधर से एक मोटी और डरावनी आवाज़ गूंज उठी।

"मैं हूँ तांत्रिक जगीरा। ये घर मेरा है। आज से कई साल पहले यहाँ मैं अपनी तांत्रिक सिद्धिया किया करता था। मैं अमर होने के लिए शैतान को बच्चो की बलि दिया करता था। मैंने 99 बच्चों की बलि दे दी थी और 100 वी बलि देने ही वाला था, कि गांव के लोगो ने मुझे पकड़ लिया और

मुझे ज़िंदा जला कर मार डाला। मेरी आत्मा इसी घर में फंस गई। तब से मैं इसी घर में रहता हूँ और जो भी इस घर में आएगा मैं उसे मार डालूंगा। ही... ही... ही।"

"चुंकि मेरा शरीर जल कर राख हो चुका है। इसलिए कोई भी मुझे मुक्त नहीं कर सकता। इसलिए ये घर हमेशा रहेगा द होंटेड हाउस। ही... ही... ही..."

उसने अपना चेहरा सोम की तरफ घुमा दिया। बहुत भयानक था उसका चेहरा। मांस उसके शरीर से झड़-झड़ कर गिर रहे थे। पुरे शरीर में कीड़े लगे हुए थे। बहुत ही विभतस्य था वो देखने में। चेहरा जल जाने से पुरा काला पड़ चुका था। चेहरे की हड्डियाँ नजर आ रहीं थी। आँखों की जगह सिर्फ दो गड्ढे थे। सोमदत्त ने गुस्से भरे स्वर में कहा

"हर एक शैतान को यही लगता है कि वो अमर है। पर उसका अंत जरूर होता है। तेरा भी होगा।"

सोम वापस अपने आयाम में लौट आया था। उसने गंभीर स्वर में कहा

"आप लोग चिंता ना करें। उस शैतानी आत्मा का अंत होगा। कोई भी आत्मा अगर इस दुनिया में रहती है,तो

किसी ना किसी चीज से जुड़ी जरूर रहती है। ये शैतानी आत्मा भी किसी ना किसी चीज से जुड़ी हुई है। बस हमें वो चीज खोज कर उसे नष्ट करना होगा। आप सभी लोग दो-दो का पेयर बना कर,उसे पुरे घर में खोजिये। जैसे कोई अंगवस्त्र या कोई हथियार या कुछ भी ऐसा जो बहुत पुराना हो। "

सभी लोग जुट जाते है उस चीज को खोजने में। सोनिया सोमदत्त के साथ ही होती है। शैतानी आत्मा को भी इस बात का एहसास हो गया था। इसलिए वो भी किसी तरह उन्हें रोकना चाह रहा था।

जल्द ही सोम को एक शैतान की मूर्ति मिल जाती है। जिसके सामने वो तांत्रिक बच्चों की बलि देता था। सोम समझ जाता है,कि इसी से आत्मा का कनेक्शन है। उसे वो हॉल में ले आता है। सभी लोग वहाँ पहुँच चुके थे। अब बारी थी,उसे आग के हवाले करने की। तभी उस शैतानी आत्मा को मुक्ति मिल सकती थी।

परन्तु वो आत्मा वहाँ आ चुकी थी। अचानक से पुरे कमरे का माहौल बदल गया। सब सामान गिरने शुरू हो गए। घड़ी की सुई उल्टी घूमने लगी। कमड़े में जले हुए मांस की गंध फैलने लगी।

अचानक से आदित्य का शरीर हवा में उड़ने लगा। सोम कुछ कर पाता उससे पहले ही आदित्य की गर्दन पीछे मुड़ गई और वो ज़मीन पे आ गिरा। उसकी मौत हो चुकी थी।

सभी लोग डर के मारे इधर उधर भागने लगे थे कि तभी एक क्रू मेंबर का शरीर पुरी तरह से अकड़ गया। उसके हाथ-पैर पीछे की तरफ मुड़ गए गर्दन पीछे घूम गई। अब वो मकड़ी की तरह दीवार पर चढ़ गया और रेंगते हुए दूसरे लोगो पर हमला कर रहा था।

उधर सोम ने आग जला ली थी और उस शैतान की मूर्ति को उस आग में फेकने ही वाला था। कि अब सोनिया का शरीर अकड़ने लगा। उसकी आँखे एकदम सफ़ेद नजर आ रही थी। बाल पुरे खुल गए थे। उसका आधा चेहरा मानो आग में जल गया हो। फिर से वह भयानक आवाज़ गूंज उठी थी।

" इस मूर्ति को आग में मत फेकना। वरना मेरे साथ-साथ इस लड़की का भी अंत हो जायेगा। अब मेरी आत्मा इसके शरीर में है। ही... ही.... ही..."

पर सोम पर उसकी इस धमकी का कोई असर नहीं हुआ था।

"दुष्ट आत्मा!! तेरे जैसे शैतानी आत्माओ से मेरा रोज पाला पड़ता है। अब तू मर।"

सोम ने अपना हाथ सोनिया के सिर पर रख दिया।
सोनिया छटपटा उठी और चिल्लाने लगी। उसकी चीख
बहुत भयानक थी। उसके शरीर में मानो 440 वोल्ट का
करंट दौड़ रहा था।

उसका सारा शरीर धुआं धुआं हो रहा था। बाकी लोग
तो ये नज़ारा देख कर भय से कांपने लगे थे। पर कुछ ही
देर में सब शांत हो गया था। आत्मा सोनिया का शरीर
छोड़ चुकी थी। सोनिया बेहोश होकर गिर पड़ी।

सोम ने वो मूर्ति आग के हवाले कर दी। उस दुष्ट आत्मा
को मुक्ति मिल चुकी थी। कुछ ही देर में सवेरा हो गया।
मनहूसियत अब जा चुकी थी। अब वो घर हॉंटेड नहीं रह
गया था। पर सब दुखी थे। बहुत से अपनों को उन्होंने खो
दिया था। अब वो लोग वापस लौट रहे थे।

सोनिया ने सोम के आँखों में झांकते हुए कहा

"थैंक्स!! सोम जी आपने हम सब की जान बचाई। असली
हीरो तो आप है। आपका ये एहसान हम कभी नहीं
भूलेंगे।"

सोम मुस्कुराया

"इसमें एहसान की क्या बात है। ये तो मेरा काम ही है।"

सोनिया ने रोमांटिक अंदाज़ में कहा

"वैसे जाने का मन तो नहीं कर रहा है। पर जाना तो पड़ेगा ही। पर एक बार दुबारा आपसे मिलूंगी जरूर।"

इतना बोलकर वह विदा लेती है। पर जाने से पहले एक बार पलट कर देखती है। उसके चेहरे पर सोम के लिए एक प्यारी सी मुस्कान थी।

तभी अचानक से सब कुछ गायब होने लगता है। पर इस बार सोम अपनी दुनिया में नहीं लौटता। बल्कि एक अलग जगह पहुँच जाता है???

बिल्कुल अंधेरा था वहाँ। कुछ दिखाई नहीं दे रहा था। एक अजीब सी ठंडक मौजूद थी। सॉन्ग का शरीर कांपने लगा था। पर कुछ देर में सोम को दिखाई देने लगता है। सामने एक बुजुर्ग इंसान खड़ा था। उसे देखकर सोम ने पूछा।

"कौन हो तुम और मैं कहाँ हूँ?"

ऊधर से एक रहस्यमयी आवाज़ आयी

"तुम मेरी दुनिया में हो डिटेक्टिव सोमदत्त। मेरा नाम है। वेदप्रकाश इस नॉवेल का राइटर। मेरी मौत हो चुकी है और मैं एक आत्मा हूँ। मैंने इस नॉवेल में चार स्टोरी लिखी थी।"

यार सुनकर सोमदत्त को आश्चर्य हुआ।

"पर नॉवेल में तो तीन ही स्टोरी थी!!"

"नहीं इसमें चार स्टोरी थी। चौथे स्टोरी का नाम था। "

"डेविल:एक शैतान"

"पर जैसे ही इस कहानी को मैंने ख़त्म किया। तो वह खुद मेरे सामने प्रकट हुआ। और जैसे ही मैंने उसके आँखों में देखा मेरी मौत हो गई। क्योंकि मैने उसकी दुनिया से सम्पर्क बना लिया था।"

"मेरी आत्मा इस नॉवेल में ही कैद हो गई। फिर उसने मुझे आदेश दिया,कि मैं इस नॉवेल के जरिये लोगो को मारु। जिससे उसकी ताकत में इज़ाफ़ा होता जा रहा था और उसके इस दुनिया में आने का द्वार खुल रहा था। पर तुमने इस नॉवेल के चक्रव्यूह को तोड़ दिया और आज मैं आज़ाद हूँ।"

सोमदत्त ने आश्चर्य से पूछा

"पर किसने तुम्हे ये सब करने का आदेश दिया?? और कौन इस दुनिया में आना चाहता है?"

"मैं उसका नाम नहीं ले सकता। पर बहुत जल्द वो इस दुनिया में आएगा। फिर चारो तरफ होगी सिर्फ तबाही।"

फिर वेदप्रकाश कि आत्मा लुप्त हो चुकी थी। सोम भी अपनी दुनिया में लौट आया था। अब उस नॉवेल का श्राप ख़त्म हो चुका था। अब नॉवेल किसी की जान नहीं लेगा।

समाप्त!

* 9 7 9 8 8 9 0 6 7 5 5 1 4 *